パナケアの遺志

藤井　善将

《目次》

《まえがき》

本作品は現役高校生による推理小説だ。本作の完成は一七歳一カ月での完成で、非公式ながら、最年少レベルである。だが、コンセプトはむしろ、早熟を超え、老練な作風となっている。しっかりとして、他者に容易な追随を許さないコンセプトである。まず、文理を超えているのだ。

この「理系推理シリーズ」と呼んでいるものは、理系はもちろんだが、文系にもこだわっている。主人公は必ず二人で、一人はエンジニアか最先端科学者になっている。それに見合った情報をリサーチしている。これは、科学先進国のヨーロッパの現地語で書かれた科学誌がソースだ。

彼の言語能力、特に工業英検という特殊で技術的な語学能力が裏打ちしている。プログラムもC言語で組めるほどの理系ぶりだ。また、必ず、対極に歴史や民俗学を用意し、もう一人は、歴史学者、考古学者などの歴史学者が主人公となるのだ。この組み合わせはおそらく、かつてのどの作家にもない切り口だろう。これは、歴史に精通する作者のこだわりだ。さらに、推理はアナグラム（言語暗号）により構成されている。これは、彼自身が7カ国以上の話者であり、（十七歳、高校生）言語学に秀でていることだ。

ヨーロッパのアルファベット語圏なら、未知でもついて行けるほどの能力がある。これは初挑戦、国際言語学オリンピックの日本チームの補欠を勝ち得たことにも表れているだろう。

このように、十七歳とは思えない文理の能力を駆使して作られている。しかし、本質的な売りはここではない。推理と言えば人の恨みつらみがテーマだ。そこで犯した犯罪をあばくのが推理小説の定説といえる。彼は、そんなことよりも、「愛、恋」をテーマにしている。そのため、国際的陰謀をテーマにしつつも、かならず主人公同士の恋も追求するのだ。舞台はヨーロッパの名勝地、恋の舞台だ。食事や観光など、推理小説とは一線を画している。私が読んで売りと思うのは、そういったロケーションのよさであり、きれいな映像が浮かぶのだ。理屈ではない恋愛の世界感だ。

このように、従来の推理小説とはまるで違う世界がある。文芸作というには、はばかられる多くの仕掛けも用意されている。年齢は関係ない、と思える作家のデビュー作である。

藤井秀昭

パリにて

——私はよく調合された神饌（アンブロシア）の如き、霊薬（ネクター）を飲んだ。
アテナイオス、『食卓の賢人たち』、ギリシア
「錬金術師と我々化学者の違いはなんでしょう？」
俺はいま、パリ大学の講演会に呼ばれて講義している。俺は世界権威のある世界化学賞を取ってから、一企業から、こういった教育界に呼ばれるようになった。所属は秋津洲（あきつしま）製薬会社で「抗癌剤」の元研究者だ。若いながら、創薬の統括開発主任をしていた。研究者も、こういったものに勲章を授かるまで、世間とは何の関わりもないラボ勤めだった。それも、ある日突然、職場の現場ラインに電話がかかってきて
「あなたは私たちの世界化学賞に受賞されました」といわれ、一気に世間の注目の的になった。サンプル品質チェックしていた俺の手が止まった。連日マスコミの取材を受けた。今の日本は、そんな人物を放ってはおかない。地味だった俺の人生が一気に派手になった。世界の権威だ。ここだけの話だが、会社では日陰者暮らしだ。違和感のある会社での立場は気のせいではない。俺は「報復人事」と呼んでいる。会社で、開発から永久追放されている。違和感のある二重性も気のせいではない。そもそも俺が手掛けた「かぐやプロジェクト」の大失敗からだ。名誉はない。開発から外されている。なぜそんな会社に残るのか、それにも

理由がある。それについては後で述べる。外と内の温度差がある、そんなことをなことは今どうでもいい。俺は世界最年少受賞者になった。三十五歳の受賞だ。化学で世界的に認められたので、俺はここに立っている。

「私は権威だ！」

世界で叫びたい、というのは理由がある。

俺の待遇は、場所によって極端に異なるからだ。壮大でくだらない社会実験といえよう。才能をどこまで腐らせるか、ということだ。

つまり、俺の人生は化学でいう二層構造ってところか。

それはともかく、講義に戻ろう。時の権力者というのは何でも手に入る。しかし、それが行きつくところまで行くと、最後に欲しがるものが「不死」だ。ナポレオンも、その例外ではなかった。現実肌といわれる彼だが、その噂が付きまとい、その真偽は定かでない。ナポレオンは「不死」の薬を探し求めた。さらに、同時期、超人といわれた化学の化け物、サンジェルマン伯爵に、その製造を秘密裏に依頼した。彼は、同時に錬金術の代名詞といえる人物だ。それが「ワーテルロー」に秘文が眠っているという噂だ。そんなこと、俺には関係ない。現代において、過去のことだからだ。過去は現代の流れを作っているが、厳然たる壁が存在し、その流れは現代に繋がっていない、と思っている。ちなみに、サンジェルマン伯爵とは9か国語を操り、よわい二千歳だといわれている伝説の人とされている。彼は錬金術師でダイヤモンドの傷を治したといわれている。今の常識で、炭素の結晶であるダイヤモンドを修復などできない。そんな伝説があるのだ。だが、この錬金術は、いつの世も人々に真理の興味を誘い、様々な発見をもたらされた。化学という概念は、この錬金術が残した概念であり、金は作れなくても、人類の発展するための"金"を残していったのだ。神々の支配する時代に、こうして科学社会は産声を上げた。人類は様々なものを作り、その恩恵を受けている。今の科学ができたのも、この錬金術師たちがいればこそ、だ。ちなみに錬金術の"副産物"として発明されたのは、元素として、哲学者トマス・アクイナスの師匠であるアルベルトゥス・マグヌスは苛性カリ（水酸化カリウム）と砒素を発見した。バシリウス・ヴァレンティヌスは十五世紀に塩酸を発明している。十七世紀末にブラントが燐（リン）を発見した。また、ランビキがある。蒸留器の一種で、漢字にすると「蘭引き」となる。当時、ワインの腐敗に悩まされていたが、腐らない蒸留酒を発明したのだ。これは、「アルコール」の精製に繋がる。火薬も中国で発明された。医学に対しても多大な貢献をしている。また、その過程で、実験器具として、ガラスの実験器具が発達した。ガラス製造技術も発達させている。もし、錬金術師がいなければ、人類は産業革命も経験せず、中世のままだったであろう。いまだに全てを神々が作ったと、神秘ばかりを追っていただろう。

本日はパリで「ナポレオンの死の原因となった癌と不死の霊薬について」の基調講演だ。化学でなぜ、純粋に講演しなかったかというと、第一に、純粋の化学だけでは、一般人には無味乾燥だ。第二に、フランスの友人の影響に他ならない。それはいいとして、ナポレオンの死の原因は謎とされて、フランスの、いや全世界の謎の関心を集めている。全世界的ミステリーといえるものだ。そういや、ナポレオンの軍資金の謎など、話題に事欠かない。現代なら癌に対する治療として、まず、外科による患部切除、これが、一番効果の期待できる。その他として、化学療法とガンマ線などの重粒子による放射線治療だ。外科手術ができないところ、例えば頭部とか、白血病の治療に使われる。一長一短といわれている。効果も期待できるが、副作用の負担も覚悟しなければならない。簡単に言うと、癌細胞従来の抗がん剤を自由落下の無誘導爆弾のばらまきだ。あっちこっちで破壊が行われて、いらぬ損害が出る。薬も放射線も細胞の正常と異常、そんな区別をしているわけじゃない。これに対し、この金属性抗がん剤は癌細胞を、ピンポイントで攻撃する能力があるのだ。癌細胞を識別して、正常な細胞には攻撃しない。言うなら、優秀な誘導精密爆弾なのだ。だから、癌細胞に対する制圧能力が高く、一方、副作用が低いとされている。抗がん剤といえば、化学療法であり、重い副作用を伴うとされる。完全に正常な細胞を区別できるわけではないのだ。激しい嘔吐や、脱毛など、本人の負担が耐えられないレベルといわれている。だが、このレベルの化学は神の領域というべきもので、人間が入ってはいけないこともある。遺伝子治療という領分もあるが、その領域だ。

パリ大学で講演を引き受けた。会社での“免罪符”という形だ。それほどの過ちをしたかは、後で述べる。会社の顔だ。受賞後、きらびやかにマスコミ、大学からの依頼を受ける。スーパースターだ。サラリーマン受賞者で羨望のまなざしを一身に受ける。それは表の顔。裏については・・・その話は後にしよう。人間の人生とはかくある物か、その見本のような気がする。

それはともかく、それにしても講堂が広い。昔大学で講演を受けた時、まさか自分が講演側になるとは夢にも思わなかった。就職した時は二度と縁のある場所とは思わなかった。しかし、今、現実に講演を行っている。まるでコロッセオの中にいるようだ。そう感じるのは、この講演で知識を求める真剣みを、殺気のごとく捉えるためだ。そういえば、すり鉢状のひな壇が似ている。俺はこの放射状の中心となっているのだ。

なんでも、この講堂の形自体、コロッセオが作られた時代の舞台と観客席の設計と、さほど変わらない。心なしか、俺はオーディエンスからの威圧感―猛獣の眼光のようなーものを感じている。

実はこの威圧感こそ、聴衆が真剣に聞いてくれている証拠なのだ。

プレゼンは苦手だ。でも精いっぱい講義をした。日本の大学なら私語も多いが、ここでは俺の言葉に耳に傾けて、ペンが落ちても聞こえそうだ。基調講演を終わって一般質問に移った。次々と学生が手を上げる。俺も負けじと明確に答えていく。

ある女性が手を上げる。

“Je peux vous demande une question?（一つ質問していいですか?）”

“Mais certainement.（もちろん）”

フランス語は苦手だが、何とかついていく。こういった時、妹がうらやましい。俺はフランス語など、大学の第二外国語で勉強して以来だ。その時も成績はパッとしなかった。急きょ、妹に頼み込んで会話程度をマスターし、現在に至る。

―「ボンジュール、ウイ、メルシ（こんにちは、はい、ありがとう）」

俺の妹は年が離れていて、二十六歳だ。大学生院でフランス文学を専攻している。後は、フランス文学の翻訳で身を立てる、小説家希望だ。『星の王子さま』や『赤ずきん』のようなロマンチックな小説、童話の類を愛読するらしい。

俺が理系で、妹はド文系。全然話がかみ合うことはなかった。一生俺と話が合うことはないだろう。でも、兄妹なのだから、それでもいいのだ。

話がそれた。

それにしても質問者はきれいな女性だ。白人の茶色のカールがかった髪の毛だ。質問者は若い女性だ。彫も深く整った顔をしている。パリジェンヌとはこういった女性を言うのだろう。

「あなたは、ナポレオンが癌で死んだといいましたが、根拠は何ですか」

「ナポレオンの謎に右手があります。絵の多くで、彼は右手を軍服に隠すように入れています。それは、癌特有の肌荒れを隠すためといわれています」

俺は、答えた。

「私はそうは思いません。ナポレオンの死については諸説があり、毒による暗殺説が有力です」

俺は違和感を覚えた。化学の講義でナポレオンの死の謎を言っているのだ。

「あの。これは化学の講義です。主旨に合いません。では、次」

といって、質問を切った。女性はとても不満そうな顔をしていた。答えようがないのが事実だ。そんな質問されても無理なものは無理。化学どころか、全世界の謎とされている。“ナポレオンの死の謎”と言えば、オカルトマニアの垂涎（すいぜん）となるところだろう。だが、これには答えがない。だから議論などナンセンスだ。

講演が終わった。俺は終わり方なんて知らないから、そそくさと、かたずけて、その場を去る。

「プロフェッサー。サインをください！」

若いものがサインを求める。ストックホルムの受賞会場でも、そうだったが、受賞者は人気者だ。

「わかった応じよう。だが、俺はプロフェッサーじゃないぞ」

サインを書きながら答える。俺としては当然の答えだ。

「俺はサラリーマンだ・・・」

若者の輪が一時停止した。

「いや、俺たちのプロフェッサーだ」

と大きな声で叫ぶ。フランスの若者は、そういうところが素直だ。肩書で判断することはない。

フランス人の素人が、専門家に鋭い批判を行ったり、質問攻めをしたりするという噂を、かねがね聞いていた。

「プロフェッサー、あなたの講演に納得しました」

ある若者の一言が、俺の胸を撫で下ろすかの如く感じられたのは、あながち大げさな表現ではない。俺は批判や質問攻めにノックアウトされずに済んだのだ。

盛況のうちに講義が終わり、盛況のうちにサイン会も終わった。この瞬間、俺の成し得た出来事の偉大さを感じた。講義はうまくいったようだ。

フランス人特有の、議論があちこちで起こっている。これもまた、フランスという感じだ。隣の人を捕まえ、熱く議論をしている。女性が寄ってきた。

「アロー、ムッシュ」

「あ、さっきの。アロー、マダム」

たどたどしいフランス語を吐き出した。先ほどの女性が話しかけてきたのだ。俺はびくっとした。

「あ、あ、次はフランス語で、どういうんだっけな」

俺はパニックになった。一夜漬けのフランス語が出てこない。

「日本語で大丈夫です。ムッシュ。これでも、私は大学で日本に住んだことがあります」

ちょっと安心した。しかし、この女性は・・・

「私はリヨン大の教授の歴史学者のP．N．ジョゼフィーヌです。専攻は古代フランス史です」

「はあ。歴史学者ですか」

こんな化学の講義の為にわざわざ歴史学者が来ていた、とは違和感がある。パリとリヨンといえば東京―大阪間ぐらい離れている。歴史と化学、一見、両極端にあり、相容れない世界だ。理系と文系の両端といえなくもない。

「ムッシュの講義内容に興味を持っていて、拝聴しに来ました」

それにしても流暢な日本語だな。

「ナポレオンの秘薬は有名な話です。しかし、私の見解では暗殺説を取っています。金属毒の場合、死後、骨が変色しています。ナポレオンの遺体に、それがあるといわれています」

製薬の研究員だっただけに、それは知っている。金属毒は即効性の物と違い、犯人が特定しにくいので、毒殺に使われたメジャーな方法だ。

「私としては、毒殺説を推したいと思います」

なるほど、この女性の言うのがわかってきた。ヒ素などを用いた毒殺は、ヨーロッパ陰謀史では常套手段だったからだ。

「私としては、不死の薬を探していたということで、この講義をしたのです。昔も今も腫瘍は脅威です。世界最大のミステリーであるナポレオンの死について、このような見解にしただけです」

俺にも言い分がある。

「いいでしょう。まだ、パリにいますので、もし何かありましたら、ご連絡ください」

といって、俺は携帯の番号を渡した。女性はふーんとメモを見て
「わかりました。また、改めてお会いしましょう」

引き下がってくれて、正直ほっとした。こんな答えのない話に真剣につきあわされちゃ、時間がどれほどあっても足らない。俺は、女性から解放されて、一旦ホテルに行くことにした。

「おーい、コーイチ！」

背後の廊下から朋友（とも）の声がきこえる。しかも日本語だ。

「おう、御園。君も来ていたのか？」

この男は御園という。俺と同じ会社で働き、富山の同郷・同期・同僚の三枚仕立て、無二の親友だ。彼はパリ出張に来ていた。俺が化学治療薬の最前線で、華々しく活躍していたころ、たった一年前だが、プロジェクトの副リーダーを務めていた戦友だ。こちらも、研究を取り上げられた哀れな研究者だ。あろうことに、裁判が仕事だ。

「俺か、最近、特許訴訟が多くてな。パリを拠点

にしばらく活動するのだ」

屈託ない、さわやかな笑顔が印書的だ。ただ、体つきは学者タイプで華奢だ。俺と一緒に研究者として化学の最前線に挑戦し、それを成し遂げた。人類の至宝というべき、命を救う薬を開発した。そして、今は研究室を追い出され、研究とは無縁な知的財産部で法律を駆使している。俺とともに。

「あったりまえだ！化学賞受賞者先生の講義を拝聴しにきたぜ。せ・か・いがつく権威さ」

今の俺が心を許せる相手は、彼しかいない。

「それにしても、この世界観の違いは受け付けないだろ」

俺は緊張がほぐれ、自分の顔が綻んだのを感じた。

「なあに。慣れているさ」

やはり持つべきものは朋友だ。


「ホテルはどうしている？」

「大学が特別立派なホテルを用意してくれた。ヴァンドーム通りの最高級ホテルだ」

大学はV・I・P待遇だ。国賓、大統領御用達のホテルだ。

「それはすげぇ。俺は会社の経費で、ぼろ宿舎だ」

「・・・なるほど。想像通りか」

「ああ。会社はとことん冷や飯を食わせやがる」

華やかな舞台の終了とともに、現実がパリで襲う。

「まあ、ひとときの夢を味わっておきなよ」

そういって、御園は去っていった。


ホテルに戻って、パリの夜景を見下ろしながら、論文を書いた。

俺が宿泊する『最高級』スイート・アンペリアルはホテルの二階にある。

なぜ一人でスイートかって？

なぜなら、それは、俺が世界の権威と認められたからだ。というのも、このスイートは国王や大統領といった各国政府要人の宿泊地となっている。

ルイ十五世様式—最愛王（ボナメ）が好んだ—で彩られた玄関が、俺を出迎える。

続いて二つの寝室、壮大な居室、食堂というゴージャスな間取りだ。高さは六メートルで、一方の寝室はヴェルサイユ宮殿にある王妃マリー・アントワネットの部屋をモチーフとしており、他方は国王ルイ十五世のをモチーフにしている。つまり、宿泊者の気分はヨーロッパ一流貴族さながらだ。

「もちろん、俺は『国王』のベッドで寝るつもりだ・・・」

宿泊料は百五十万円を下らない。

だが、ぶっちゃけ、受賞者を招く大学側にとっては『はした金』に近いのだろう。なにしろ、俺は世界化学賞受賞者だ。

大きなシャンデリア、ヴァンドーム広場を見下ろす窓、その窓の間にバロック調の鏡・・・スイートはフランス絵画やレリーフに装飾されている。

個人用ワインセラーも用意され、中は様々なワインのボトルで満たされている!ジャグジー、スチーム・バス、プラズマテレビなどの最新電化製品も、もちろん完備。

さすがはフランスの歴史的建造物に指定された超高級ホテルだ。

ホテル内は、レストラン『レスパドン』や『リッツ・バー』といった星付きで紹介されるような高級店が立ち並び、古代ローマ・テルマエ風のプールなどは、この世のものと思えないほど壮大で豪華絢爛だ。

ヘミングウェイやカワードのような『失われた世代』の文豪らはこぞって、このホテルに思いを寄せた。日本に帰れば、夜勤でサンプルチェックをする男への待遇だ。真実を知れば、世界は嘲笑するだろう。しかし、成し遂げたことは、それに値する。

現場では、開発を取り上げられたが、いまだに研究を続けている。予算もなく、精度のいい分析器もない。メンタルもつらい。

「やめようか・・・」

時々頭をよぎる。この世界は居心地がいい。帰れば地獄だ。パリの夜の喧騒に酔ってしまったようだ。今日は終わりにしよう。

俺が目覚めると、頭がガンガンする。見上げてみると、ホテルは高級だ。御園に話した、ヴァンドーム通りの高級ホテル『リッツ』だ。

だが、ふと自分を見ると身につけている服がない。いわゆる裸だ。口に何かつけられている。昨夜の自分の行動を思い出そうとした。どうだったか。うっすら思い出した。これほど自分の行動を思い出せないのは初めてだ。隠れて書いている論文をまとめ、水を飲み、しばらくして、強烈な眠気が襲って…。隣を見ると、「俺の知らない女」が寝ている。寝ている？ いや、生命を感じない。ぐったりとして身動き一つしない。俺はマスクを「つけさせられた」ようだが、その女は何も身につけていない。ただ、そのマスクは薬の臭いがする・・・要するに、くさい。すぐにマスクをはぎ取った。俺自身は大丈夫のようだが、死体と裸で寝ていたのだ。

あっけにとられていると、『着信』があった。スマホの着信メロディーが聞こえる。確認すると、ＳＮＳで見知らぬ相手からの『友達登録』と一通のメッセージが届いていた。

「危険が迫っている。逃げて。私はヴァンドーム広場にいる」

さっきの『友達』からのメッセージだ。何のことだ？すべてが襲ってきた。何が起きているのか！映画ならありそうだが、これは現実だ。まるで、映画の一シーンのような、絶体絶命の状況に放り込まれた。

外から足音が近づいているのが聞こえた。

とりあえず、ここはまずい。出よう。俺はホテルの廊下に出た。一本の廊下の先に、一人の男が駆けあがっていた。すると、コートを着た大柄の男が、俺を制止しようとした。マフィアのようにいかつい顔をして、顔に年輪が刻まれていた。

「殺人の密告があった。鍵もかかっていて密室だった。この部屋には、お前しかいない。署で話をきこう」

というような意味の英語を言っている。警察か？

俺は怖くて逃げ出してしまった。

「トゥ、アトン！（おまえ、待て！）」

その男は俺の後を追ってくる。

道中、サイレンを鳴らしたパトカーが駆けまわっている。どう考えても俺を探しているようだ。殺人事件にしては手配が良すぎる。警察が状況も確認しないで、なぜこれほど一人の男を探すのか、理屈を、こねればこねるほど整理がつかない。ただ、はっきりしていることは、遠い異国の地で、外国人である俺が、事件に巻き込まれていることだ。警察が信用できなかった。しばらくしてエントランスから、着信にあったヴァンドーム広場に出た。ホテルからそう遠くない。一息ついた。誰かは知らないが、濡れ衣で殺人犯にされそうになったのを助けられたのだ。フランス警察の中には、マフィアと手を握っている者もいるという。どういう理由かはわからないが、俺がターゲットにされているのは間違いなさそうだ。

警察を巻き、ほっと一息ついた。タバコは吸わない。抗癌の薬の開発者がタバコみたいな発癌性物質には手を出さない。人通りの多いこの広場を、思案に暮れながら、ぶらぶらしていた。

あれ。よく見ると私服でこちらを見ている者がいる。あちらにもこちらにも。いつの間にか、包囲をされているようだ。その向こうにパトカーが遠巻きに止まっている。既にパトカーに包囲されていた。

「お前はすでに包囲されている！」

拳銃を構えた警官が十数人いる。もし、俺が武装していても突破は不可能だ。丸腰の一人の外国人におかしいと思った。制服の警官が銃を構え寄ってくる。広場の多くの人がそれを何事かとみている。

「手を頭にのせて伏せろ！」

俺は指示の通りにした。なんだか、わからないが俺は捕まるのかと思った。

すると、向こうの方で群衆が騒ぎ始めた。悲鳴を上げている者もいる。警官も引き下がった。何かがこっちに突っ込んできた。一台の黄色いルノーが俺の目の前に滑り込んできた。

助手席のドアが開いて、運転手の顔を見ると、若いフランス人女性だった。あ・・・君は。

いきなり俺の手を引っ張ってきた。

「おい、何するんだ！」

俺がつい日本語でそう口走ると、彼女は俺の手を引っ張って、俺をルノーに引きずり込んだ。

「君は・・・」

ジョゼフィーヌだ。大学であった歴史学者だ。

「今は聞かないで！」

彼女は激しく言った。どうやら、とんでもないことに、なっているらしい。

「あなたは殺人容疑で指名手配されている！」

俺はショックだった。いきなり殺人容疑の指名手配犯なのだ。この警察の動きもうなずける。

「俺はそんな真似は・・・」

そういうと車が激しくバウンドした。歩道を走っているのだ。カフェの軒をかすめていく。歩行者が逃げまどっている。

「無茶な！」

俺がいうのに、その女性は無視して突っ切る。

「やつを逃がすな、追え！」

中から、さっきの『コートの男』がエントランスから、かけ出てきた。

「申し訳ありません、ポール警部！取り逃がしました・・・」

ポール警部なる大柄の男は、ただ黙然としてこぶしを握り締めていた。

「確かに組織が後ろにいるようだ。密告者は何と言ったかな」

すると若い警官が

「ナポレオン7世。伯爵です」

「貴族か。胡散臭いな」

そう言って、俺たちの後の軌跡を恨めしそうに追っていた。

青色回転灯を回した数台のパトカーが、俺たちの車を追いかけてくる。チェイスの始まりだ。

「それにしても乱暴ですね！どこへ連れていくつもりですか？そもそも君は誰だ！」

彼女は運転に集中しているらしい。

「さっき、友達申請したでしょ？あれ、私なの」

さっき俺のスマホに届いた、アレだ。すぐに答えてくれそうにない。

「しかし、どうして？」

俺が尋ね返すと、彼女はそのいきさつを語り始めた。

「あなた、事件に巻き込まれているわ。おそらく国際的な陰謀の真っただ中よ。つまり邪魔ものね」

「国際的な陰謀？」

あまりの言葉に言葉を失った。

「俺はただの研究員だ！人違いだ！」

そういうとジョゼフィーヌは

「ただの？あなたは、あの世界的権威の化学賞受賞者でしょ。あなたの頭脳が今、問題になっているの」

ますますわからなくなってきた。

「問題ってなんだ」

すると、先回りしたパトカーが交差点を突っ込んできた。

「今は説明する暇がないわ！」

「でも、警察に話せばわかるはずだ。降ろしてくれ！」

俺は当然のことを言った。あなたより警察の方が信用できる。

「だめよ。警察が味方と思っているの？あなたを密告した人物の片棒を担いでいるの。あなたはフランスの隠したい事実に触れているの」

確かに、そうでもなければこんな状況は理解できない。

「では、警察が何らかの組織と手を組んでいると・・・」

「おそらく・・・」

ジョゼフィーヌは正面を見据えたまま言っている。

「なぜ、俺を助けた」

俺は素朴な質問をした。

「それは言えない、けれど・・・あなたのようなアジア人の助けが必要なの！」

もっとも、「わたしはアジア人の協力が必要なの！」の一点張りでは、どうも彼女の真意がわからない。

「この手の小細工は、たぶん組織ぐるみの工作よ」

パリの大通りで渋滞を縫い進み、小道へ入った。

「手配が早すぎる！」

確かにそうだ。

一車線ぎりぎりの狭い生活路地で、他人の洗濯竿を、ときどき押し倒しながら進んでいた。背後には何台かパトカーが追跡してきている。目の前に大通りが確認できた。彼女はいっこうに減速しない。

ヴァンドーム広場から十字路を、その都度曲がりながら走り回っていたら、目前にオペラ大通りが見えてきた。

左手に見えるのはパリのオペラ座だ！

「お、おい。ぶつかるぞ！」

トラックの間を抜けた。小型のルノー故の芸当だ。まるでハリウッド映画だ。彼女はラッシュ時の殺人的な渋滞の合間を縫って、六車線を、進行方向から垂直に横断し、向かい側の路地を目指す。彼女の車が三車線跨いだところで、数台で追跡していたパトカーのいくらかは、他の一般車両に激突して脱落した。

目の前に、渋滞のような車列に遭遇した。

彼女はすばやいハンドルさばきで、その間隔をすり抜ける。

小道に入った。悲鳴を上げながら通行人が逃げまどう。

「出口だ！」

すると、その路地にパトカーが入ってきた。これで終わりか。

ジョゼフィーヌがギヤをバックに入れた。

「踏ん張って！」

反動とともに一気にバックに走り出した。猛スピードだ。生きた心地がしない。幸いに後からパトカーがついてきていなかった。

「行くわよ！」

角で方向を変え、また猛スピードで走り出した。

だが、前を塞がれるので、また路地に入った。

一通りの追跡をかわしたのか、猛スピードで駆け抜けてはいるが、少々落ち着いた。

「ムッシュ。意外とお若いのね」

ジョゼフィーヌは、そう言ってきた。

「あの化学賞の受賞者は普通年寄りだけど、私とあまり変わらないみたい」

少し余裕が出てきたのだろう。

「ああ。俺も意外な受賞だ。すごく誉れ高い。だが、会社に帰れば窓際族さ。現場仕事だ」

俺は本当のことを言った。

「うそでしょ、ムッシュ。日本の企業はおかしいわ。フランスなら英雄は英雄なのよ」

そりゃそうだろ。世界化学賞といえば世界の権威。だが、日本の御家人みたいな制度と相いれることはない。

「日本で大きなヘマをしたのだ。だから、俺は許されていない」

ジョゼフィーヌは目を丸くしていた。

「そんなものなの」

「ああ、日本の企業はそんなものだ」

他愛のない話をしているが、自動車の密閉した空間に若い女性といるのを感じた。香水も鼻をくすぐる。

“いかん、いかん”

思わず感じ入ってしまうところだ。

「……」

おそらく高級な香水だろう。彼女から甘い匂いが沸き立つ。

「ムッシュ、独身?」

急に彼女は聞いてきた。

「な、なぜ?」

とどぎまぎしてしまった。

「世界化学賞受賞者って、だいたいおじいさんでしょ。でも、ムッシュはあまりに若いから・・・」

三十五歳は最年少受賞者だ。ちなみに、世界化学賞で有名なのは1911年にマリー・キューリーが受賞している。1903年物理学賞に続いて二度目の受賞となっている。世界化学賞はあくまでフィクション名だ。名だたる先達たちが名を連ねる。

なぜ、この女性がそんなことを聞くのか、どうしてもそちらに考えが行く。

「それにしても、アバンチュールって、フランス語だったかな・・・」

俺はぶつぶつ言っていた。やはり若く美しい女性といることは、心が騒ぎ立つ。

「ムッシュ、何か?」

彼女は屈託なく聞いてくる。

「いいや」

俺はごまかした。

(まさかね・・・)

花の都のパリに咲いた、一輪の恋花。たまには、そんな甘い想像に酔ってみたい。自動車は渋滞の道をかき分け進む。

警察を巻いたが、車は路地にはまった。

「袋小路かっ!」

俺もやきもきした。いつ後ろから警察が来るかわからない。

「こっちに来て」

車を乗り捨て、そういうと、俺の腕を引っ張って、行き止まりに位置する建物の裏口から建物に入った。

「なんとか、まけたか・・・」

俺たちは一息ついた。優秀なパリ警察もどうやら、ここは盲点のようだ。

目の前を見ると有名な絵が並んでいる。

「なんだ、ここは・・・」

「モナリザ、ミロのビーナス、ドラクロワ・・・」

俺たちは閑散とした建物の中を行った。

「そうか。ルーブル美術館よ、ここ」

「なるほど。いつの間にか、ルーブルに紛れ込んだのか」

俺たちはルーブル美術館に紛れ込んだようだ。名画がたくさん並んでいる・・・なるほど、『行列のできる美術館』と呼ばれる所以だ。

「いつもなら、鑑賞するところだが、今は先を急ぐ・・・」


そう言った時に、突然目の前に光のメッセージが飛び込んできた。光の線が俺たちを遮るように横断している。

「なんだこれは・・・」

「光よ・・・」

「でも、収蔵品は紫外線を嫌うので、直接光が入ってくることなど・・・」

天井に採光窓があった。いかなる仕掛けなのか。

「おそらく、採光窓にメッセージを貼り付けて、鏡で反射させているだろう・・・何が書いてあるんだ?」

俺はからくりを見抜いたが、それより書かれているメッセージが気になった。メモ用紙が壁にピン止めがある。


「What. s this?

The panacea is:
One rod at Naplé」
三行の不可解なメッセージに直面している。
メッセージは吹き出しで囲まれ、近くの『絵』に矢印がついている。
“The panacea is:„ 二行目はパナケア、「～の万能薬」という英語で意味が通じる。
パナケアはギリシャ神話に登場する、癒しをつかさどる女神の名前から転化して万能薬になった。しかし、問題は三行目だ。
“ One rod at Naplés„
三行目は謎の英文だ。
二、三行目を直訳すれば、「万能薬は：ナポリの一本杖」となる。
この文は意味が通じない。俺はまずこのメッセージについて推理してみた。

「わかった！答えはナポリだ！」

俺は早とちりとはわかりつつも、一回答えを出してみた。ちなみにナポリはNapoliだ。

「待って！この英語、変なのよ」

次に、フランス人の彼女が、この謎かけに挑戦する。

「この英文、Naplésだけは英単語じゃないわ。é、なんてアルファベットは英語にない」

「つまり、この文は馬鹿正直に読むものじゃない、ってことか？そうだよな」

謎かけが見たまま、なはずはない。彼女は頷いた。

「ええ、これは『フランス語の文』なのよ」

「なんだって？これはどう見ても英文じゃないか・・・！」

俺は唖然とした。ほぼ英語なのにフランス語だという。

「さっき言ったでしょ、éはフランス語のウ・アクサンテギュという英語にはないアルファベットなの。並び替えて平文を導く暗号ね」

答えはわからずとも、これが、なんらかの暗号であることだけは、わかった。

「つまり、これはアナグラムね」

アナグラムとは、ある単語の綴りを並び替える、言葉遊びの一種である。よくあるのは、同一言語によるアナグラムだ。高度な言語能力は必要だからだ。この場合、二言語を股にかけている。éがなければ、英語でできるのだ。

「まずは、三行目の文字列から単語を抽出しましょう」

そういったって、手がかりがない。


「What. s this?

The panacea is:

One rod at Naplés」

このメッセージは吹き出しで囲まれており、吹き出しの矢印は壁にかけられた所蔵品の展示絵画を指している。

俺が手をこまねいていると、彼女は一行目を凝視していた。

「見て。『これは何?』だって・・・」

吹き出し矢印の先には、確かに一枚の絵画がある。

「何って?『絵』だろ」

正直、見ればわかると思う。

「違うのよ!これは恐らくヒントになるわ。書き留めて!」

俺はメモ用紙を取り出し、フランス語の『絵』という単語をかいた。

「art, peinture・・・ってとこか?」

「ええ、この三行目に、art の三文字が隠されていると仮定します」

「peinture じゃないのか?仮定っていっても・・・」

ミスリードを防ぐためにも、軽はずみな推測や仮定は避けたいのだ。

「まず、吹き出し付メッセージの作成者が持つ意図を考えて。吹き出しの矢印は明らかに『絵』を指していますが、『絵』を意味する単語 peinture のアナグラムには、アルファベット i が必要です」

だが、この場合は i が足りないので、art が適当だという。

残りのアルファベットを並び替えよう。

“od at Naplés”

俺がふとひらめいたアイデアを、彼女に伝える。

「とりあえず é を含む人名を洗い出してくれないか?」

「わかったわ」

彼女は記憶している人名をたどる。

「たぶん歴史上の有名人ね。昔の権力者は皆、不死のパナケア（万能薬）を探していたわ」

Pétrone
ローマ軍人皇帝　ペトロニウス
「文字が足らない!」

次にフランス君主を当たる。

Philippe d.　Orléans
オルレアン公フィリップ
「こっちは長すぎ!」

俺はその間に、名前を組み立てる。ナレオンか？いや違う。レオン、ナプロでも違和感がする。

俺だって記憶力はいい方だ。我慢強く考え抜けば、絶対に方程式は解けるのだ。

俺の脳内でアルファベットが踊っている。イニシャルにNがやってきた。次にaとp、oの順に並ぶ。ナポ、ナポレ・・・オン？

「これだ！」

「これよ！」

二人が声を上げたのは、ほぼ同時だった。

「ナポレオンだ！」

導き出された正解は
Arts de Napoléon
この文章には二つの意味がある。

一つは文字通り、「ナポレオンの絵」となるが、もう一つの意味として、「ナポレオンの作為」とも解釈できる。

というのは、フランス語におけるartsは多義語で、複数形で用いた場合には技術や技巧といった意味を表す。

「これって二言語を絡めたメッセージなのよね・・・」

英語の原文を解くと、英語とフランス語の混在する平文を得る。

つまり、「The panacea is Arts de Napoléon（不死薬はナポレオンの絵／作為だ）」

これほど難しいアナグラムは無い。

「つまり万能薬のキーワードは『ナポレオン』になるわけだ」

俺は残念ながら西洋史に明るくはない。さすがにナポレオンは知っているが・・・

待てよ、俺が講義したトピックじゃないか！

二人は顔を見合わせる。

「ナポレオンといえば、霊薬伝説！あの時、パリで話していたあの・・・」

これは大事件だ。俺は自らが講義した、トピックにまつわるメッセージを、解いていたのだ。

「ナポレオンの財宝伝説には、彼が探し求めた『霊薬』の存在も、含まれているのだ」

なんといってもナポレオンの大帝国は、その最盛期に、史上第三位の版図を持つほどに、拡大したのだ、千年帝国の不死身皇帝にあこがれを持っても、おかしくはないだろう。

「で、どこにあるのだ？」

すると、急に拍子抜けになって彼女が答える。

「それが・・・手がかりとなる資料は 1871 年、テュイルリー宮殿の大火で全て消失してしまったのよ。そのころは、孫帝ナポレオン3世の晩期ね」

なるほど、この伝説は文字通り、迷宮入りになったのだ。

「ナポレオンの名がつく絵画は？」

俺が尋ねると、ジョゼフィーヌはルーヴル美術館の案内図付きパンフレットを広げる。

「ほら、このフロアにある。ナポレオン一世の戴冠式・・・ってやつ」

俺たちはすぐにメッセージの解かれたとおり、「ナポレオン一世の戴冠式と皇妃ジョゼフィーヌの戴冠」の前に来た。

「これが有名なナポレオンの戴冠式の絵画か・・・」

このヨーロッパの格式の高い名画に酔う。

絵の主題は、皇妃ジョゼフィーヌに対する戴冠であり、皇帝ナポレオンの部下が取り巻くようにして、その戴冠式を見届けている。

「ジョゼフィーヌ・・・君と同じ名だ」

「偶然ですわよ。フランスでは、よくある名前なのです」

彼女は涼しい顔をして言った。確かにそうだな。

ジョゼフィーヌ・ド・ボアルネはナポレオン一世の初代皇妃だ。

実は男子の後継者を、産めなかったことを理由に、皇帝が離婚した。

もとは、イタリア貴族家の生まれで、『政略結婚』が成立したのだ。

「ルイ十六世の皇妃も、マリー・『ジョゼフィーヌ』でした」

この伝統はブルボン朝フランスで盛んにおこなわれた。ルイ十五世の皇妃はポーランド宮廷のマリー・レグザンスカであった。

「この絵は当時のナポレオン天下を象徴するものです。戴冠式を取り仕切るはずの当時の教皇が、背後に追いやられています」

このメッセージが示す事は一つ。俺たちは『ナポレオン』という名前に導かれていることだ。


俺たちはルーブル美術館を出た。さっきの車を路地から出した。セーヌ川沿いに、南に3キロいったところまで来た。

「なんてこった。また、行き止まりじゃないか！」

俺は生きた心地がしていない。

「黙っていて。ここが目的地よ」

俺たちは、袋小路の最奥部で車を乗り捨てた。振り向くと、生き残ったパトカーが一台だけ、小路に入ってきた。なぜ警察が追跡できるのか不思議だった。

急カーブの反動で、向かい側の路地両脇にあった、建物のレンガに車体をこすりつけながら、袋小路へ入る。

俺はさっきから、服のポケットに違和感を覚えていた。とっさに手を入れてみると、発信機が入っていたので彼女に見せてみた。

―パリ警視庁（プレフェクチュール・ド・ポリス）

「警部。二人は車を捨て、徒歩での逃走を開始しました！」

警部のいる指令室に、部下が報告にやってきた。

「よし。全班に当該地域の包囲を指示する！」

警部がコンピュータでＧＰＳ情報を調べると、場所は一区であった。

「地区は十三区の中華街、現場はカルティエ・アジアティク付近だ。デペシェ・ヴ（急げ）！」

すぐに周囲の通信員が指示を伝達した。警部が報告した部下に、合図を送って、退出を促す。

「ダコール、シェフ！（了解です、警部！）」

彼は敬礼して、退出した。

「それ、警察のＧＰＳね」

どこで仕掛けられたのだろう・・・そういえば、ホテルで警察の人間に追われたとき、コートの警部が、俺に話しかけてきたな。

もしやその時・・・あるいは一瞬にして仕掛けた

のでは？

「いい方法があるわ。こっちよ！」

彼女はいまいる建物の、出口に向かってかけていく。

「このＧＰＳは邪魔だわ」

といって、たまたま通りかかった、トラックの荷台に、ＧＰＳを放り込んだ。警察は血眼になって追うことだろう。


中華街が目前に見えるが、道が複雑で、行き止まりに突き当たってしまった。集合住宅が立ち並ぶ。

「ここはバンリューにほど近い、団地にある中華街よ」

パリでも周辺地区は、治安があまり良くない。

店舗には駐車スペースが設けられてなく、車道の両脇が『正式な』駐車場になっている。そのため、白線で囲われた枠に、自動車が所狭しと縦列に並べられている。両脇に広がる建物は洋風だが、ここでは中国語が準公用語となっている。もちろん看板は全て漢字表記である。

歩いていると、人の往来が激しいことに気付いた。

誰かとぶつかった。

「为什么你的脚在上我的鞋？」

中国語でまくし立てられても、俺には分からない。ジョゼフィーヌが訳している。

「この人、『なんで俺の靴を、踏んでいるのだ？』って、聞いているのよ」

「君こそなぜわかるのだい？」

フランス人って、意外と中国語がわかるんだ。

「……」

彼女は見たまま答えない。振り向いて彼女が、この通行者に応対する。

「我很抱歉但我们赶紧吧（すみませんが、急いでいるんです)」

すぐ、振り返って俺の手を引っ張った。

「Allors, allons-y bientôt!(さ、早く行きましょう!)」

この人はいったい何者だ? フランス語と中国語が飛び交っている。

背後から銃声が聞こえた。談笑の声で満ち溢れていた市場の空気が一瞬で凍り付く。振り返ると、俺たちの背後には武装集団がいた。その銃口は宙に向いており、威嚇射撃だと思った。

「Урaaaaaaaa!(ウラー)」

声の主は、厳ついマフィアであった。俺は凍り付いた。

警察の次はマフィアだ。

「いったい、どうなっているのだ!」

「だから言ったでしょ。ある意味、全世界があなたを捕まえようとしているって!」

世界が俺を捕まえるって、どういう状況だ。起きていることを見て、素直に腹をくくった。今の状況では、このジェゼフィーヌに頼るしかなさそうだ。

「今、起きていることは、どんな方程式でも解くことはできない」

やけっぱちな台詞は銃声にかき消された。

「コーイチ・タナカ!」

俺の名前を叫びながら、銃を向け追いかけてくる。理由など見当もつかない。

(警察とマフィアが、つながっているのは間違いなさそうだ)

俺は大きな事件に巻き込まれているのだ。

「こっちよ。逃げるわよ!」

中華街の通行人たちは四散して逃げ出したので、

俺たちも続いた。

しかし、彼らは、ただ俺たちだけを執拗に追い回した。

「・・・わたしたち、狙われているのよ」

それにしても誰が指図したのだろう?全然構造が見えない。

そんなことを考えながら、逃げ回るうちに、薄暗いシャッター通りに入り込んだ。

シャッターには落書きがある。

Războiul, Pu□că, Coca
と書かれている。ＡＫ４７小銃の絵も付け加えてある。

「物騒なラクガキね。ここは多分『スラブ系』のたまり場だったのよ」

このスペリングはルーマニア語だ。

それぞれラズボイウル、プスカ、コカと読み、スラブ諸語で「抗争」、「火器」、「コカイン」を意味している。ここは気配のない中華街の裏通りである。おそらく、マフィアの縄張りだったのだろう。しばらくすると、表通りの光が差してきた。出口だ!

「こっちよ!あのクリュブ・シノワ(華人酒場)に逃げ込むのよ」

俺たちはたぶん、そのマフィアに追われている。

逃げ込んだ先は、その酒場だった。彼女が店主のオヤジを呼び出して、中国語であいさつしていた。

「歓迎光臨!(いらっしゃい!)」

「マフィアに追われているの。亡命用のジェット機を手配してほしい!」

彼女はそう言って、バッグからドル札を五束ほど取り出し、オヤジの眼前にある机に、たたきつけた。

俺は横目で見た。この光景は取引?少なくとも、ジョゼフィーヌは巨額を扱える立場にある。そして、闇にも通じている。

「いつものように手配して」

俺は中国語がわからないが、そんなような内容のようだ。言葉の端々で意味が分かった。どうやら二人は知り合いらしい。マフィアの関係者？そうは見えないが・・・

オヤジはしげにそのドル札の枚数を数え、偽札でないか確かめおえると笑みを浮かべた。

「好了、好了！（よろしい、よろしい！）」

どうやら、この酒場のオヤジは、裏ルートの手配ができるらしい。

しかし、このジョゼフィーヌという女性はいったい何者だろうか。歴史学者という割に、とてもいろいろな裏を知っていそうだ。そう、ふと思った。それとも、リヨン大の教授が偽りか？わざわざ、そんなウソをつくのも、どうか。

俺たちが一息ついていると、戸外で銃声が、もう一度轟いた。オヤジは真顔に戻る。

「・・・这枪击是TT手枪！（この銃声はトカレフ！）」

その華人酒場は中華貿易商を雇っていたらしく、彼らはすぐに俺たちの「護衛」を命じた。

「他们是可怕的，但你有帮助的卫士。收到此！（こいつらは物騒だが、あんたらの役に立つボディーガードだ。これを受け取れ！）」

といって、俺たちに自衛用として、二丁のベレッタM92を投げ渡してきた。フランスでは米国同様、銃保有は合法なのだ。俺は受け取る。確認したが、この銃には不致死性の減装弾が装填されている。

外からの悲鳴が室内に漏れ聞こえている。俺たちはオヤジの用意した地下道を通って逃げ出す。

「去里昂机场，用心！（リヨン空港へ行け、気を付けろな！）」

「谢谢，小老翁再见！（ありがとう、オヤジさん、またね！）」

二人は結構打ち解けた知り合いらしい。オヤジと別れた。通路を五分ほど進むと、目の前からマフィアが数人出てきた。

「Убейте их здесь!（ここで殺せ！）」

トカレフの甲高い銃声が、狭い地下道に反響する。ボディーガードは厳つく、俺たちを一ひねりで殺せそうな体つきだが、「クライアント」の指示通りに、俺たちをよくかばってくれた。銃撃戦はロシアンマフィアの撤退で終結した。

「你还好吗？（大丈夫か？）」

首領格が俺に尋ねる。俺は彼女を通訳に会話する。

「大丈夫です。それより、これから、どこへ？」

すると彼女は通訳する。

「好吧。但是，我们去哪里？」

すぐに答が返ってきた。

「酒馆之大叔使我们去里昂机场即使法国警方妨害」

早口だ。

「おい、何と言ってる？」

「あのバーのオヤジが、私たちをリヨン空港に逃がしてくれるみたいね。たとえフランス当局の妨害が入ろうとも、ってね」

俺たちがわかっていることは、これが『手段を選びえない亡命』であることだ。だが、根本的に、俺がなぜ亡命しなければならないのか。殺人容疑も、ねつ造された嫌疑は明らかだ。

「ベットの隣にいた女性は・・・」

俺はジョゼフィーヌに聞いた。

「おそらく、あなたをハメて、捕まえるための口実に殺されたんだわ」

たぶんそうだろう。そんな理由で人殺しまで。理解できない。

「俺は、裸でマスクをかけられていた。部屋には藁の臭いがしていた。これはホスゲンという毒ガスだ。マスクは濡れていて、おそらく水酸化ナトリウムで濡らしてあったのだろう」

ジョゼフィーヌも驚いた顔をしていた。そのあたりの事情を知らないようだ。

「そんなマスクをどうして?」

「ホスゲンは、水酸化炭酸水素ナトリウム液で中和するからさ」

俺は答えた。殺人は化学によって行われた。

「毒ガスに満たされた部屋にいたのだ。それを何者かがマスクをかけ、死なないように細工していた。毒ガスの中、一緒にいたのは不自然だが、これで、現場には二人しかいないことになる。仕掛けた奴の目論見さ。おかげで、殺人容疑がかかったのだ」

「さすがは化学者・・・」

ジョゼフィーヌは言った。

「確かに、何かが起きていることは間違いない」

しかも大きい話だ。フランス共和国、スラブ系マフィア、そしてナポレオンの秘薬、全くキーワードがつながらない。

ふと思った。それよりこのジョゼフィーヌという女性が、なんで俺を助け、何者なのか、これが一番の謎だろう。彼女にとっても、故国に追われる身となり、もはや、このフランスに活路を見出すことはできない。

「四面楚歌、或呉越同舟吗？（これって四面楚歌、それとも呉越同舟？）」

フランス人の彼女は若干皮肉の入った自嘲的な故事成語（チャイニーズプレバーブ）を口にした。

リヨンまで、ＴＧＶで移動することにした。自由席のある日本の新幹線とは違って、勝手に乗ることはできない。全部指定席なのだ。俺たちの乗るＴＧＶまでには少し時間がある。少し観光してから行こうと思った。

「あれを見て」

指さした先には凱旋門の形をした建物―ラ・グランダルシェと、それを取り巻く数個の高層ビルが見える。ラ・グランダルシュと呼ばれるモニュメントは、パリ郊外の再開発を象徴している。

「ここラ・デファンスはビジネス街だけど、ショッピングモールやアミューズメントも、そろっているのよ」

東京でいえば、さしずめ、お台場のようなロケーションだ。中心部と違って、景観に縛られない現代建築のホールやドームも立地している。先ほどの緊張感はない。銃の脅威から解放され、観光気分になった。半分ヤケでもある。

レ・カトレトン(Les Quatre Temps)というショッピングモールに入る。全面ガラス張りのビルだ。

「ショッピング、レストラン、シネマそれにファッション・・・パリジャンにとって、心のふるさとなの！」

中に入ると、東京のショッピングモールに比べ、縦横奥行きのすべてが大きく見える。

本場のカフェで、飲むコーヒーは格別だった。

これから市の中心部に向かう。だが、パリは広いのだ。

「どうやってツアーするのだ？」

俺が聞くと、パリには東西を結ぶ『歴史軸』という大通りがあるので、名所めぐりは楽だという。

「あのグランダルシュは『歴史軸』上にあるから、あとは東に向かって行けば、殆どの名所をめぐれるわ」

デファンスのラ・グランダルシュを西の始点として、東へセーヌ川、シャンゼリゼのエトワール凱旋門、ルーブル美術館を終点とする市内観光が始まった。

「これがエッフェル塔か・・・」

東京タワーに似た茶色の塔、これがエッフェルだ。

さっきはいきなり銃撃戦で、観光も何もなかった。

花の街、パリの顔だ。どんな年よりも美しかった。きれいなどと言うものではない。木々の緑も、まるで油絵のようにみずみずしい。

まあ、一言でいえば

「きよらかなり」

ってところか。

なんでも、十九世紀に催された第四回パリ万博のための施設で、現在も、展望タワーや電波塔として使われている。

「おお、凱旋門だ。それに、あの細長いのは・・・」

ここはコンコルド広場というらしい。その中心にはエジプトのオベリスクとよばれる、細長いモニユメントがある。

「あれはクレオパトラの針・・・ナポレオンのエジプト遠征でエジプトから運ばれてきたのよ」

俺は、ナポレオンとパリの関わりが、意外にも深いことを感じた。

「この凱旋門も、オベリスクも、そしてこの歴史軸にある物すべてが、ナポレオンの功績なのよ」

俺は凱旋門通りの両脇に、フルカラーの石像が並んでいるのが見えた。フランス名物らしい。何だか恋人同士だな。彼氏はいるのだろうか。

PPP
スマホが鳴った。

「アロー」

誰かから電話がかかってきたようだ。フランス語で話している。

「今?今、凱旋門の前」

友達か?電話を聞くと、どうも気になる。今までと違ってプライバシーを感じた。

「誰と?秘密よ。とっても楽しかったわ。私からかけなおすわ。オ・フヴアー」

彼氏か?友達か。

「友達?」

俺は聞いてみた。

「ええ。そんなところ」

彼女は答えた。まあ、話しぶりも楽しそうだし、フランス語ということはフランス人だろう。

パリは彼女の言う通り、ナポレオン一世が各種の凱旋門を建設し、孫の三世がパリ大改造を行って、現代のパリそのものを完成させた。

「ああ、石像が並んでいる」

俺も観光気分だ。美しい女性と並んでいると、それだけでもウキウキする。

「石像じゃないわ、それ。役者（パントマイム）です！」

パントマイムと呼ばれる役者である。日本では、無言の一人芝居のような意味だが、フランスでは大道芸などの全ての演技者を指す。

「ルーブルのピラミッドが見えるわ」

ここは『ナポレオン』広場というらしい。

「ルーブル宮殿は、数百年をかけて建設された王宮よ。だから、同じ建物でも建築様式が異なるの」

古くはルネサンス建築から、バロック建築を経て、新しくはフランス帝政期建築まで・・・パリの建築は歴史軸の終点に位置する、このルーブルにあった。

かの有名なルーブルの玄関口にあたる広場が、あの有名な『ナポレオン』の広場とは、偶然にしても、よくできている。

日本でナポレオンという人物は、せいぜい歴史上の人物か、ゲームのキャラクターのように扱われてしまい、なじみが薄い。

しかし、ヨーロッパでは、広場の名に残るような身近な偉人として、またはフランスの英雄として紹介されている。

「確かに、行列のできるルーヴル美術館に入るのは難しいけど、美術館そのものが十分に芸術的なのよ」

さっき堪能したので十分だ。セーヌ川沿岸から景色を見渡すと、ノートルダムの尖塔が見える。

「そろそろ行きましょうか」

と離れようとすると、アコーディオンの音色が聞こえてくる。

パリの芸術家は、アコーディオンで弾き語りをしている。ベレエ帽をかぶった老人だ。人の好さを表すかのように、笑顔が板についている。というか、笑ったような顔をしているのだ。前歯が落ちたりしているが、笑顔には魅力がある。普段はシャンソンを弾いている。こういった芸術家はフランス政府が保護している。

「いい演奏ね」

ジョゼフィーヌは礼儀として一ユーロチップを彼に手渡した。

「へエ毎度、で、お嬢ちゃん。ジョゼフィーヌさんかえ?」

べたべたの南仏（ミディ）なまりの発音で、話しかけてくる。

(ちょっとまてよ。なんで知っているのだ?)

面識がない相手に名前を呼ばれると、どうしても警戒してしまう。

突然、話しかけてきたおじいさんは、おそらくパリに『上京』してきた地方のアーティストだろう。

「なにかしら」

ジョゼフィーヌは驚いていたが、きょろきょろと周りを見回して、差し出すメモを受け取った。

「予の名はナポレオン7世。ナポレオンの直系の子孫である。予はナポレオン陛下の御名を守る者。フランスのプライドである。其名を汚すもの、裏切り者のレオポールは、ムッシュ田中、そなたを嵌めたものである。今また、レオポールは予の先祖、ボナパルト家の“不死薬”を狙っている。かぐやプロジェクトに続き、今まさにムッシュを陥れようと画策している。レオポールを追え。奴は

ライオンに居る。フランスにあるライオンの街に行け
ナポレオン7世
Vive l.　empereur!（皇帝万歳！）」

という内容の紙だった。

「なんだと・・・ナポレオンだと・・・」

俺は意外すぎる人物に動転した。

ここは『ナポレオン』広場だ。偶然の一致にしては出来すぎているな。

「今時、ナポレオンを名乗る人物とは。怪しすぎる」

詐欺師の印象を持った。

「そうかしら・・・」

ジョゼフィーヌは言った。

「今でもナポレオンの末裔は生きているって話よ。ナポレオンの財宝は、永遠の謎とされているわ」

「いや、フランスは共和制だ。貴族はいないはずだ。確かに、古い名前を継ぐことも聞いたことがある」

名家の子孫には、別の名前がある。歴史的に意味があるというのだ。

「今も、貴族は裏舞台にいるわ。権力者って、そういう者よ」

そうかもしれない。

「たしかに、軍資金の噂を聞いたことがある。天文学的な遺産だったと聞いている。でも、なぜその人が・・・」

「たぶん“彼”がレオポールを阻止したいのよ」

確かに、文面ではそうであるが、

「確かに、俺は仕事でレオポールという名の人物を知っている。顔を見たことないがね。これを読む限り、俺自身の話ではない。俺は、そんなことどうでもいい」

すると、ジョゼフィーヌが言った。

「そうかしら。これが正しいとすれば、レオポールの狙いはあなたを消すことよ。つまり、彼を野放しにできないはず」

「確かに・・・」

殺人事件の犯人に仕立てられたのだ。レオポールを追うしかないのかもしれない。

「それに、かぐやプロジェクト・・・」

俺は一瞬混乱した。あの忌まわしいプロジェクトの名が出てきたのだ。輝かしい仕事が、一気に転落のきっかけになったのだ。

「レオポール・・・たしかテムジン社のエンジニアだ」

俺はこの名に覚えがあった。実に苦々しい名前だ。

「『かぐやプロジェクト』って?」

ジェゼフィーヌが聞いた。

「俺の名誉を吹っ飛ばしたプロジェクトだ」

俺の獣のように険しくなった顔をみて、ジョゼフィーヌがいけないことを聞いたか、と思ったようだ。相当なことがあったらしい。

「レオポールを見たことがないが、秋津洲製薬のライバル企業のソナフィー社と、共同開発で認可を受けた、中国系ドイツ製薬会社のエンジニアとして、名を連ねていた。奴は、秋津洲製薬の技術を盗んだ」

俺が、急に自分のことを言い出したので、ジョゼフィーヌも混乱したようだ。

「盗んだって、どうやって分かったの」

「特許を先に越された。全く同じものだった。製薬の世界では、全く同じ薬ができる事は、あり得ない」

確かに、違う根からは同じ果実はできない。全く一緒の内容の特許は、あり得ないのだ。

「もしかして・・・」

ジョゼフィーヌが言った。

「もしかして、そのあなたが再び現れたから、もう一度、潰そうと思っているのかも・・・」

確かにありうる。命は惜しい。俺はレオポールというエンジニアを追うことにした。それに俺をハメて潰した男だ。許せるはずがない。

「フランスにあるライオンの街に行け」

というメッセージは、どんな意味だろう。

「ライオンの街って、どこだろう?」

まさか、動物園の事じゃないだろうな。

フランスの中に、ライオンなんてつづりの都市はないぞ。

これは謎解きだろう。

「これって、リヨンのことだよね?」

ジョゼフィーヌは、すぐ気付いたらしい。

「ほら、ライオンが市の旗に描いてある・・・」

スマホでその旗を見せてくれた。

青地の盾にライオンが一頭かいてある。

「私は、そこの大学の教授なの。それにライオンの発音が同じよ」

なるほど、フランス人になら、わかる暗号なのだ。

日本人の俺にはあまりピンと来ない。

「これではっきりしたわ」

「何が?」

俺は何のことかわからない。

「あたしたちの行き先よ」

ジョゼフィーヌが言った。

「これはナポレオン7世が仕掛けているのよ。あなたをハメたレオポールを追うのよ」

だが、俺はまだ迷っていた。このまま、海外へ脱出してしまいたい。トラブルは御免だ。このトラブルは間違いなく命にかかわる。

「俺たちは飛行機で脱出だろ。リヨンに行くのは変わらないが・・・」

すると、いままで穏やかなジョゼフィーヌだったが、表情が変わった。

「あなたをハメた人がいるのでしょう?あなたは、名誉を回復しなければなりません!こうなったのも、そいつのせいでしょ!」

確かにそうだ。全部レオポールの陰謀だ。

「あなたは、自分の名誉を汚すものから逃げ出すの?フランス人が名誉のためなら、死をも恐れないものよ!」

俺はジョゼフィーヌに押された。

「日本人は、そんなところをこだわらない。命が大切だ」

俺は思うことを言った。

「これ以上、ごたごたに巻き込まれたくない」

すると、ジョゼフィーヌは
「ムッシュ、自分を日本人というのなら、“恥”の文化はどこへ行ったのよ。これはあなた自身が払しょくする問題よ」

痛いところをつくな。

「わかった。追うことにするよ・・・」

俺たちは、レオポールを追うことになった。

だが、見たこともない人物を追うのだ。ただ、名前だけが存在していた。

今度は目的地を変えての移動だ。途中拾ったタクシーに乗った。

車窓にはセーヌ川とその対岸の景色が映ってくる。この一帯中華街からパリ中心部に向けて、走り抜けてきたのだ。さっき渡ってきたセーヌ川を、今度は北に通り抜ける。

アレクサンドル三世橋を渡って、万博会場であったグランパレと対面するプティパレを横目にして、八区を通過した。セーヌ川沿いに東へ、東へと進む。ルーブル美術館の細長い宮殿建築に沿って進んでいる。

ずっとセーヌ川沿いを走ると、右手にイル・ド・ラシテとよばれる中洲が見える。ノートルダム大聖堂の尖塔が、ビルの合間から顔を出している。ちなみにラシテ島は中世パリの貧困地区であった。十九世紀、ナポレオン三世の治世に行われた、知事オスマンによるパリ大改造は、貧困地域を中心とした、パリの『汚れ』を一掃し、『清潔な近代首都』を実現した。いまでは世界一流の観光地となっている。

ここ四区を経由して道なりに進み、十二区に入ると、左手にいよいよ目的地であるパリ・リヨン駅が見えてきた。

「グランパレ、プティパレ、ルーブル、オルセー、エッフェルそれにノートルダム。パリは満喫できたかしら?」

俺はどれがどれだかは定かではないが、純粋にヨーロッパの街並みを楽しんでいた。

「ま、まあね」

あれほどの危険な目に遭っても、のど元過ぎればなんとやら。ほんの少し観光気分になれた。もう追っ手はこない、そう感じていた。車窓に映っていたのは、この街に抱いていた憧れの「花の都・パリ」だ。建物も中世っぽくて味わうこともなかった。

手元の時刻表には「リヨン発リヨン行のTGV」とかかれている。発車駅のリヨンはパリ・リヨン駅を示している。リヨン行のTGV（高速鉄道）とRER（近郊電車）のターミナルである。つまり、「パリ」にある「リヨン」行の発着「駅」・・・略してパリ・リヨン駅といった感覚だ。もちろんリヨンにも「リヨン駅」はある。

これが、終着駅のリヨン・パールデュだ。

「トゥール・ホーロージュが見えるわ」

パリ・リヨン駅名物の時計台である。ロンドンの、それとよく似て、ローマ数字が彫られている。

駅前広場から中に入ると、彼女は俺にTGVチケットを手渡した。

「列車に乗る前、忘れずにチケットをスタンプしなさいね」

国鉄ではそれが規則である。改札前のスタンプ機でチケットを処理しなければ、違法乗車に問われる。

ミュージックが流れ、女声のアナウンスが始まった。

「TGV6224号リヨン・パールデュ行は18時37分、Fプラットフォームから発車します」

これはフランス語のアナウンスだが、その後は英語、イタリア語の順番に同様の案内放送が流れる。この6224号列車は俺たちの乗る列車らしい。コンコースから改札口を抜けようとすると、二階部分にレストランの看板が見えた。「ル・トラン・ルージュ」と書かれている。いつの間にか夕暮れとなっていた。

「これが観光だったら、腹ごしらえでも、しただろうに・・・」

俺はつぶやいた。しかし、今は旅路を急がなくては。改札を出て、大きな地上プラットフォームに出た。

「へえ、パリからはロンドンやブリュッセルにも行けるのか」

　俺が感心していると、目的の列車が入線してきた。時速三百二十キロの高速運転を可能にした、最新式TGVだ。

指定席だったので、乗車時には号車と座席を確認しなければならない。俺たちは隣同士で予約がとれていた指定席に腰かける。

俺はしばらく、窓際の席で車窓を楽しむことにした。

ああ、いまごろ日本のみんなは、どうしているんだろう・・・

俺は安心と疲労から列車内で眠りに落ちた。

—フランス・TGV
　リヨン行TGVの車内にいる俺たちだ。俺は目が覚めた。

「霊薬なんてものが、この世に・・・」

車内はそう混んではいない。だが、タンデムに座っている俺たちの周りに乗客はいなかった。

「……」

急に隣のジョゼフィーヌを意識した。

(きれいすぎるから、俺って免疫がないな)

俺も、まだ若いのだ。若い女性に気になるのは仕方ない。

「君を見ていると、俺の妹を思い出す」

「ムッシュの妹?」

「ああ。ちょうど年は君ぐらいだ。けど、全然話が合わないのだ」

普段一緒に居る妹のことを思い出す。

「フランス文学専攻なのだが、話が小難しくて・・・」

「そうでしたの。フランスはいいところですわ」

「せめて君みたいに、話が合うといいのだが・・・」

「理系と文系では、そんなものですわよ」

彼女もそう言っていた。

っていうか、今思ったのは、文系と理系なんてくくりが、フランスにもあるのかっと言う素朴な疑問だ。

「フランスでも、学生は人文科学か、自然科学か、どちらかを専攻できる仕組みがあるのよ」

手に持った、ナッツの袋をあけようとする。

“あれ?”

なんとなく手に着かない。

「どうされましたの?」

「いや、なんとなく手が震えて・・・」

焦れば焦るほど手に着かない。心臓がどきどきする。

「袋をあけたいのですね」

といってジョゼフィーヌは、席越しに手を出して、俺の手に添えた。

目の前に彼女の髪が来る。

「……」

なんとも言えない甘い香りがする。

「ほら」

「なにが?」

「空きましたわよ」

俺は我に戻った。

袋があいている。

「ああ・・・ああ」

まるで、おかしなものを見るかのように、彼女は俺を見ている。

「ムッシュは面白いひとですわ」

屈託なく言っている。

「ああ。みんなに、そういわれるんだ」

どちらかというとドジキャラだが、物は言いようだ。

でも、ますます、彼女のことを大人の女性とみるようになってきたのだ。

隣同士の席でいかに幸福か、俺は思うのだった。

リヨン駅到着のアナウンスが聞こえてきた。

「まもなくリヨン・パールデュ駅に到着します。お出口は左側です・・・」

と、ここまでは普通の車内放送であった。

しかし、しばらくすると、怪しげな放送が、続いて流れる。

「みなさま、市松模様にご注意ください。ナイトが、あなたがたを追っているかもしれません。もし見つけたら、追い返すがよろしい」

と、低声調のアナウンスに変わった。まるで、遊園地のホラーアトラクション紹介文のように、怪しい。

「これ、車内放送だろ！」

俺は不思議に思った。

「いったい何のいたずらだ！」

いたずらでなければ、この状況は説明できない。国際列車のＴＧＶの車内放送がジャックされたのだ。

「落ち着いてムッシュ。事はそんな程度じゃないわ。ＳＮＣＦ（フランス国鉄）に及ぶわ。だって、これは録音よ」

つまり、あらかじめ用意されていたことになる。

「じゃあ・・・」

「フランス政府の影があるわ。こんなことができるのは・・・」

俺は少し理解できた。

「政治力がとびきりある人物・・・」

俺は、それしか考えられなかった。

「大統領か、それに準じる人物よ」

俺は生唾を飲んだ。

「ひとまず、指示通りに動こう」

座席の周りを見た。

「市松模様（チェック柄）のアイテム・・・って、これのことじゃ？」

目の前の座席についている、網掛けの中にポータブルチェス盤が置いてある。

『ナイトを追え』と題された羊皮紙の手紙があった。

「何よ、この手紙・・・」

彼女は訝し気に手紙を開いた。

内容は次のような文字列である：

『ナイトは？にいる』

1793 g4
1794 f2
1795 d4
1796-1804 ?

1805 f8
1806-1811 f8 à d8
1812 d8
1813 e6

チェス盤にはヨーロッパ地図が印刷されており、一体のナイトが置かれている。

「・・・これはもしかして、棋譜?」

つまり、第一七九三手から第一八一三手までの二十手の棋譜である。

棋譜でいえばd4の部分に「ルテティア」が、e6の部分に「ライピス」、g4の部分に「トルス」、f2の部分に「ルグドゥヌム」、f8の部分に「ウィンドポナ」、そしてd8には「ボロディノ」の名が印字されている。

「これら地名は、すべて古名になっているわ・・・」

ルテティアはパリ、ウィンドポナはウィーンの古名だ。

「トルスはコルシカ、ルグドゥヌムはリヨン、そしてライピスはライプツィヒだから・・・」

この棋譜に記述されているナイトは、コルシカからリヨン、パリ、ウィーン、ボロディノ、ライプツィヒという要領で移動する。

「どれもナポレオンゆかりの地じゃない!」

彼女の声を聞いた俺は、ちらと彼女の液晶を一瞥する。

「・・・?なにそれ、年表みたいだ」

すると、彼女は咄嗟に何かひらめいたのか、

「なるほど、これはナポレオンの足跡を、示しているのね!」

ナポレオンは一七九五年にパリでフランス『統領』となり、一九一三年にライプツィヒの戦いで敗退した。

その年号は、そのままチェスの手数になっているのだ。

「リヨンの次は・・・ライプツィヒに行けばいいのね」

現にジョゼフィーヌたちは、ナポレオンの影を追い始めている。

「ライプツィヒか・・・」

俺は感慨深げに言った。

「ムッシュ、なにか・・・」

「ライプツィヒといえば、テムジン社のある都市だ」

そうなのだ。テムジン社があるのがライプツィヒだ。奴がいてもおかしくはない。

「そして、ナポレオンの足跡と同じね」

「それはだな。彼はナポレオンの秘薬を追っているのだ。だから、ナポレオンの足跡を追うのも自然なことだ」

「なるほど。彼もナポレオンの足跡を追っているということなのね」

「その通りだ」

レオポールもナポレオンの足跡を追っている。そして俺たちも。だから同じ足取りになっているのは偶然ではない。

「そろそろ、リヨンに着くわ」

このアナウンスも駅と同様、フランス語と英語で放送されている。俺は多民族大陸、ヨーロッパの神髄を垣間見た気がする。

「あ、スペインやイタリアの車両が見える」

なにせＴＧＶは国際路線である。ロンドン―パリ間を結ぶ北線やパリ・リヨン間を結ぶ南東線をはじめとして、イタリア・ミラノ、スイス、スペイン、ドイツの各鉄道線にも、乗り入れが行われている。

「おお、この駅も広いな」

パールデュ駅のプラットフォームに降り立った。

十一面ホームの台ターミナル駅であり、スペイン・バルセロナおよび、マドリード行の国際列車の一部も、ここから発着する。

「スリには気を付けて。パリより治安はいい方だけど」

ここリヨンは南仏の都であり、フランス第二の都市圏を形成している。ローマ帝国時代はガリア・リヨネーズ属州の首都ルグドゥヌムとして繁栄し、いまでもガロ・ローマ劇場が遺跡として保存されている。歴史的には、欧州における紡績と金融の中心地であった。

「これから空港へ向かうんだろ?」

「そうよ。アクセス列車が出ているわ」

彼女にリヨン一帯の路線図を見せられた。

俺たちはローヌエクスプレスという路面電車に乗り換え、リヨン・サンテグジュペリ空港へ向かうことになっている。

サンテグジュペリといえば、妹の『大好物』である。『大好物』といっても、もちろん食べ物ではなく『愛読書』という意味だ。

乗り換えのために歩いた駅の廊下には、リヨン市街地の写真がいくつも展示されている。レンガ造りの中世都市を思わせる建築の数々だ。

俺たちがパリのセーヌ川沿いで見かけたような、歴史的なレンガ造りの公共施設や住居が並んでいる。実際に駅前のトゥール・クレディ・リヨネとよばれる、茶色の高層ビルの展望台から町全体を眺めてみると、市中心部を流れるソーヌ川の中洲と、その沿岸を中心に赤レンガの歴史的市街地が広がっているのを確認できる。リヨン空港までは、リヨン地下鉄を利用する。この路線は、パリの右側通行とは異なり、日本と同じ左側通行の地下鉄路線である。パリ・メトロとリヨンの地下鉄とでは、もともと辿ってきた歴史と運用体系が異なるのだ。

「街並みがきれいだね」

パリよりも落ち着いた雰囲気を持っている。人口でいえば、名古屋や京都のそれといった程度である。

ボナパルト橋の薄暮

冒険である。

──チャンスをもたらしてくれるのは、ナポレオン・ボナパルト、フランス

リヨンは美食と金融、織物産業の分野で、歴史的中心地である。

リヨン人曰く、フランス一の美食街は、リヨンに限るとのことだ。

「ここが人口四十五万人程度の、フランス第二の都市圏・リヨンよ」

中心部から西方向に地下鉄を利用する。日本と同じ左側通行の地下鉄で、地方都市程度の路線だ。フルヴィエールの丘が観光にしられている。

そこで、実際に訪ねてみた。

「フルヴィエールは大聖堂とローマ遺跡で有名なの」

歴史地区（Site historique）に登録されているだけあって、風光明媚だ。ヨーロッパ版の小京都といったイメージだ。

俺たちの目の前にソーヌ川が横切り、サン・ジャン大聖堂のファサードが見える。

「ほら、丘の上にも！」

なんと、大聖堂は丘の上にもある。名はフルヴィエール大聖堂という。とりあえず、最寄りのケーブルカー線のヴュー・リヨン駅から、フルヴィエール駅まで乗った。たった一駅分しかない。駅のプラットフォームで待っ ていると、電車が来た。

小ぶりでレトロなクリーム色と赤色の電車だった。

乗ってみると、急こう配が多く、時々建物の合間を縫うようにして、丘の頂上を目指す。

景色は満点の青空のもと、陽光に照らされたソーヌ川と赤レンガの街並みが美しく、さすが歴史地区というだけはあった。

「着いたわ」

終着駅のフルヴィエールだ。トンネルの中にある終端駅といった感じだ。外へ出てみると、大聖堂が正面に見える。

「古さを感じさせない・・・近代的な聖堂だ」

どうやら、この聖堂は十九世紀に建てられたようで、ロマネスクとビザンツ両様式の折衷建築となっている。

聖堂内に入ってみると、両脇に並ぶコリント柱と天井画に彩られた聖域を意識させられる。

この聖堂には年間百五十万人ほどの観光客が、ツアーなどで訪れているという。

「フルヴィエールには、もう一つの歴史スポットがあるわ」

この地は新旧—古くはローマ時代から、新しくはフランス共和国時代—様々な歴史スポットが存在するようだ。

そこから坂を下りながら、少し奥にある森の方に目を遣ると、半円形の石段がある。歩くうちに、その正面へたどり着いた。

「紀元前、ローマ時代の劇場よ」

昔の情景が目に浮かぶ。

古代人は、この劇場で演劇会を開催したのだろう。実際に俺が観客席に座ると、臨場感を味わえる。

「ギリシャ演劇ならソフォクレスのオイディプス

王、あとローマ演劇ならセネカの作品が有名ね」

この劇場では、仮面（ペルソナ）をつけた古代の役者たちが、身振り手振りを交えて、役を演じていた。

観光は終わった。

「そろそろ昼時になったな。店を探そう」

赤レンガの中世建築に囲まれた、老舗の軽食店に入ることにした。

アラカルト専門で、コース料理は特にない。

なかはすでに先客であふれており、十数分は待たされた。

「どうぞ、こちらに」

席に案内されると、当然、フランス語で書かれたメニューを渡される。

読んでいると、彼女が話しかけてくる。

「ムッシュはご存知？」


話によれば、現在のフランス料理は1784年生まれの料理人マリー＝アントワーヌ・カレムが、革命後に宮廷料理をモデルとした、大衆料理店を開いたことに端を発する。ナポレオンは美食家で、戦争を通じて、料理をはじめとする近代フランス文化を、占領地に輸出した。

とりあえず、サラダとフランスパンを前菜に頼んで食べてみた。

メインディッシュは、ラタトゥイユとブイヤベースだ。

ラタトゥイユは夏野菜をトマトとワイン、香草で煮た、おふくろの味だ。日本でいうところの肉じゃがみたいな煮込み料理で、日本でも安く食べられる。

「プロヴァンス料理はもともと、庶民料理だったの。だけど、世界にフランス宮廷料理が普及した関係で、『格上げ』されたの」

宮廷料理のおかげで、フランス料理そのものの『株』が上がったと見える。

「日本で例えれば・・・そうね、京料理が高級なせいで、家庭料理までもが、高級食として認識されてしまったようなものね」

サラダとフランスパンが運ばれてくる。

「シル・ヴ・プレ（どうぞ）」

「メルシ、ボナペティ（ありがとう、いただきます）」

ジョゼフィーヌが礼儀正しく、食事の挨拶をしている！

「ね、ムッシュもやっておきなさい。お得だから」

俺は言われるがまま、ジョゼフィーヌの真似をした。

「メルシ・・・ボナペティ？」

すると、ウェイターは、勘定用紙と筆記具を取り出した。

「今回の勘定はお二人様とも、三割引にさせていただきます。食前酒をサービスとして、お付けしましょう」

ここは変わった店だ、と俺は思った。ジョゼフィーヌは俺に耳打ちをした。

「覚えておいて・・・フランスで最近流行のフードビジネスよ。客の態度が良い場合、割引など、お得なサービスが受けられるわ」

なるほど、無礼な客が相手なら、ペナルティー料金がつきそうだ。

耳打ちを横目に、ウェイターがワインをついでくれた。

俺はあまりワインを飲む気分にならない・・・正直、お冷がいいな。

「えーと、お冷は？」

「お客様、水（ロ・ミネラル）は一ユーロです」

なんと、フランスでは、お冷もドリンク扱いだ。

というより、海外でお冷の提供は珍しい。

くすくすとジョゼフィーヌが笑っている。

「ムッシュ、このワインは『お冷』の代わりで、おかわり自由ですのよ」

「え？」

ワインをお冷代わりに飲むのが、プロヴァンス料理の特徴だ。

俺たちは、前菜をつまみながら、談笑を続ける。

二人の注文した料理を比べると、チョイスのツウ度に素人とベテラン程の差がある。

俺（フランス料理の素人）の注文したディッシュは、ラタトゥイユとブイヤベースの二つだ。日本で知られている、プロヴァンスの代表的な料理といっていい。下火が通り、よく煮込まれた有機夏野菜にトマトベースのスープが浸っている。味付けは濃い。

なるほど、

「さすが本場の味だ」

といわねばならない。

ジョゼフィーヌ（ベテラン？）の注文したディッシュは、
ジゴ・パスカルとスープ・オ・ピストウ、サルディナード・・・？

俺はそのいずれも聞いたことがない。

「ジゴ・パスカルとサルディナードは、白ワインが合います」

「はあ」

ウェイターがついでくれた白ワインに口をつけ、料理を口に運んだ。

「それぞれ、アニョ（子羊）とイワシのシンプルな料理です」

ジゴ・パスカルは復活祭の日に食される羊肉とニンニクの煮込みで、イワシは焼いた後にハーブやオリーブオイルで味付けされる。

俺は、食べたことがないから味まではわからない。

だが、見る限りジョゼフィーヌは、おいしそうに食べている。

スープ・オ・ピストウは香草バジリコのペストに似た調味料で、具を煮込んだスープ料理だ。

つまり、ジョゼフィーヌは魚、肉、野菜スープの料理を、バランスよく注文したことになる。むしろ三皿も食べきれるか心配だ。

「フランス人は、三度の飯より美食（グルメ）を愛します。文字通り、食は芸術なのです」

グルメ、ガストロノミーなどの美食関連語はフランス語発祥だ。

結局、俺がラタトゥイユとブイヤベースの二皿を完食する前に、ジョゼフィーヌが三皿を平らげてしまった。

あのナポレオンも、びっくりな食事スピードだ。

しかし、実に上品で、優雅なグルメっぷりである。

「ラディション、シル・ヴ・プレ（勘定お願いします）」

着席のまま店員を呼び出す。

店員は会計明細書を、ジョゼフィーヌに渡した。

「十五パーセントのチップ込みで・・・」

必要な金額を欄に書き込み、署名を済ませる。

これが、海外の一般的な会計方法だ。

料理店を出ると、すでに日が暮れていた。

リヨンの風景は、夜景に変わりつつあった。古き良きガス灯がソーヌ川の水面を照らし、赤レンガに彩られた街路から、少しずつ人影が減っていく。

「ムッシュは西欧の夜景、初めてですよね」

俺は頷いた。俺は以前、ここをフランスの小京都と例えた。

フルヴィエールの自然豊かな丘から見下ろす、この夜景の美しさを見れば、誰もが中世の『おフランス』を錯覚するだろう、と思った。

これはデートなのか？もしそうだとしたら最高のロケーションではないか！

「し・・・しっかし、寒い！」

俺は防寒着を用意していなかった。夜のパリよりは温暖なものの、それでもリヨンの緯度は、北海道ぐらい高緯度に存在しているので、夜は寒い。

「ほらムッシュ。私はここ（リヨン）の寒さには、慣れておりますの」

そういって、彼女の来ていた『女物の』コートを着せてくれた。

これがいわゆる『恋愛もの』なら、逆の立場でコートを着せてあげるべきだろう。

ジョゼフィーヌの手の温もりを、両肩で感じている。

「・・・・！てれるな・・・」

いや、どうも照れてしまい、声がでない。ただ・・・この女物で出歩くのは、少々恥ずかしい。

「メッシ、トレ・ビアーン（すっごく、ありがとう）！」

なんて、言い慣れないフランス語を使って、感激の意を表した。

観光気分を消して、肝心の空港に向かわなければならない。

「日が暮れました。空港へは明日にしましょう」

フランス人はのんびりぶりは驚きだ。

「今夜は、このリヨンで泊まりですね」

宿泊の話になっている。でも、どこへ？

確か、ジョゼフィーヌはリヨンの人（リヨネーズ）だった。

いま、ふと思ったのだが、リヨネーズとマヨネーズが、響き的に似ているように思った。

「アヴェックって、前置詞なのですよね」

ジョゼフィーヌが呑気に言っている。観光を楽しんだ後、街並みを眺めながら、今、ケーブルカーでのぼってきた坂道を下った。セーヌ川岸を目指す。さすがにネタ切れになって、何気ない話題を切り出してみた。

「英語ではウィズ、つまり『一緒に』っていう意味よ」

「日本では『男女二人組』を指す名詞になっていて、全然意味が違うんですよ。だから、ある意味、カルチャーショックを受けています」

俺は言葉の使われ方に感心した。日本とフランスでは違うのだ。しかも、名詞でなく前置詞というのが、なじみがある言葉だけに、興味深い。ジョゼフィーヌは上品に笑って見せた。

「ムッシュって、意外と言葉遊びが、お好きなんですね」

「そうなんだ。日本の外来語とかカタカナ語って・・・発音が日本流になる上に、意味まで変化してしまう」

この現象は「Engrish（日本英語）」や「ジャポ

ングリッシュ」となじられて呼ばれる。

「・・・日本語って私たち欧米人にとって、神秘的な言葉ですわ。発音は平易で簡単なのに、文法や語彙が、極端に難しい」

これも一種の文化交流にあたるのか。

高校の理系クラスでは、ＡＬＴ（外国語指導助手）とのチームティーチングによる英語授業を除いて、生の会話をしたことがない。

「そういえば、ジョゼフィーヌ。君の住まいは、このリヨンにあるんだよな」

俺はジョゼフィーヌに聞いてみた。初め驚いた顔をしていた。

「ええ。そうですけど・・・」

うろたえている感じだ。

「寄せてもらえないかな・・・こうも警察がうろついていては、動きが取れない。ホテルは、全て警察が抑えられているはずだ」

俺たちは殺人犯なのだ。それぐらいはあるだろう。

ところが、ジョゼフィーヌの反応は意外だった。

「いえ、ムッシュ。それは困ります」

かぶりを振って拒絶する。

「なんで」

俺は、彼女が女性だからかと思った。ある意味当然なのだろうが、それにしても激しい。

「ただ、次までの拠点にするだけだ。一切、君には触れない」

すると、かぶりを振って
「だめなものはだめです」

といった。何か秘密があるのだろうか。地元に帰ってきているのに、どうしていけないのだろう。

俺は、違和感を感じた。

「仕方ない。君の言う通りにしよう。それじゃ・・・」

俺は、あてになる人物のリストを思い浮かべた。フランスに友人がいる。プロジェクトリーダーだったとき、知り合った人だ。基調講演のテーマに”影響した“人物だ。

「エルンスト・・・」

「誰です？」

「うん。彼ならいい」

俺は名案と思った。

周りを見渡すと、昼間来ていたフルヴィエールの麓に来ていた。

大聖堂とセーヌ川が眼前に見えている。

「彼のところへ行こう！」

そう言って、さっきのケーブルカー始発駅の前で、タクシーを拾った。

「この人は頼れそうだよ」

俺はジョゼフィーヌに言った。

「なんでそういうの？」

ジョゼフィーヌは信じていない。

「この人は“変人”だからさ。古今東西、この手の人は裏がない」

俺の持論だ。俺は旧友を訪ねることにした。最も、リヨンの片田舎に住んでいる。でも、こんな夜中に不審がるだろう。

タクシーが一軒の”屋敷“についた。正しくは”屋敷“ではない。だが、見えるのは門だ。つまり、門だけでも十分大きい。

「住居は、もっと奥にある。昔、貴族の城だって話だ。ここは伯爵の家だ」

俺はそこの呼び鈴に向かった。そう、彼は現代に生き残る貴族だ。

「グリニャール伯爵に伝えてくれ。化学者のタナカが来たと」

「わかりました」

従事が答えた。古い門だが、カメラがついていて、最新のセキュリティーとなっている。

「君も俺も本来、一生縁のない人さ」

皮肉だが本当の話だ。一般人が伯爵と関係があるわけがない。この俺との出会いも、彼の知識欲のたまものだ。彼からアプローチしてきた。

「フランスでは、貴族がいないはずだけど」

ジョゼフィーヌは不思議がった。特に、歴史学者である彼女が、不思議がるのは無理もない。フランスで貴族などいるわけない、と常識になっている。共和制のフランスでは市民革命後、伯爵などの地位は消滅していた。

「でも、根絶やしになったわけじゃ、ないのだぜ。連綿と、地主として連なっているものもいるのだ」

実際、オルレアン公フィリップやナポレオンの子孫は十九世紀のフランス共和国大統領を歴任した。

俺の説明は理に適うと思う。

「ムッシュは、なんでお知り合いなの」

「それはだな・・・」

そう言いかけたところで従事が顔を出した。

「伯爵は、こんな夜中に来客があるわけがない、といっております。直接、確かめたいと・・・」

すると俺をカメラの前に据えた。

「君は田中君かね。それでは君だということを証明するため、2、3質問する」

「いいでしょう」

俺は答えた。顔と声でわかっているはずだ。とことん意地悪なじいさんだ。

「私が好んで食すワインは？」

「ネメアです」

ネメアはギリシャのワインで、現地料理にピッタリの美味さを持つ。なんでも伯爵はマイナー好きで、ワインの好みまでマイナーだ。

「ナポレオンの将軍で、一番〝ひどかった将軍〟の名は？」

「グルーシー」

この将軍はナポレオン失脚の原因を作った。

「最後に聞く。私は共和国を信奉するものだが、再びナポレオンが現れたら、ワシは支持するか？」

普通ならノーだ。貴族の彼のことだ、場合によっては機嫌を損ねることもある。ナポレオンが現れれば、貴族であるエルンストは取り潰される。

「そんな、くだらないことは起きない」

俺はばっさりいった。

しばらく沈黙が流れた。結果はどうなのだろう。

「わはは。相変わらず融通の利かないやつだ。日本人らしくない！間違いない、君はムッシュ・タナカだ」

どうやら信じてもらえたようだ。

中に入ると、大きな建物がライトアップされている。

「大きなお屋敷」

ここは『持ち主に似て』おかしなデザインの宮殿

と、噂されている。

鶏が先か、卵が先か・・・といえば答えは明白だ。

歴代のグリニャール伯爵は皆『変人』だった。

この宮殿は彼ら『変人たち』の手によって、デザインされたのだ。

「中に入るともっと驚くぞ。今のフランスに、こんな宮殿が残っているのかって思うだろう」

「ノン、ムッシュ。ベルサイユ宮殿やブルボン宮殿、リュクサンブール宮殿もありますわ」

確かに観光としてはあるな。

「もっとも、共和制ですので、全部国家のものですけど」

この国に貴族はいない。人間は自由平等であるとされる。

「お城と呼ばれているのは、国家の管理で、このお城は個人所有の邸宅よ。呼び方ね」


暗くて、よく見えないが、もし昼間にここを訪ねたら、きっと素晴らしい、フランス宮廷映画のワンシーンを垣間見えるだろう。ライトアップされたそれは、まさに宮殿だった。

「このお城、シャンボール城に似ているわ」

「え？」

聞いたことのない城名だ。

「フランス・ルネサンス建築と古典建築の融合形で、独特のデザインなの。竣工当時から、おかしな宮殿と評価されていたわ」

開放的な屋上展望台など、気候に適さない建築様式で知られ、王族貴族が代替わりで住んでいたそうだ。実は、その貴族の中にサンジェルマン伯爵も、いたという。

おかしなデザインとよばれる所以は、この城を模倣したことであった。

「グリニャール伯爵は、尊敬するシャンボール城の家主の持つ秘密を、暴きたいのだろう」

老人が持つこだわりと好奇心は案外、バカにできない。

ようやく彼の書斎に案内された。

俺はしばらく、この『変人』との旧交を温めている。

「わしは七十（セプタン）になろうとも、かりに九十（ノノン）まで、生きながらえようとも・・・この城を手放さんぞ！」

俺は一瞬だが、七十と九十といった数字の部分が聞き取れなかった。

ジョゼフィーヌが耳打ちをしてくる。

「この伯爵、どうやら、生粋のフランス人じゃないようね」

「どうしてだ」

「これはベルギー式の数え方よ。フランス人だったらソワソン・ディスというところを、ベルギー人はセプタンというの」

このベルギー訛りの人がフランス貴族とは、少し不思議だ。

「私にかまわず、続けてちょうだい」

また俺とエルンスト・グリニャール伯爵は談笑した。

「ところで〝宿題〟の答えは出せたかな？」

とエルンストは言う。ジョゼフィーヌは首を傾げた。

「〝宿題〟って？」

「エルンストに頼まれた事さ」

俺は以前のことを思い出した。そういえば、このご老人とは、よくサンジェルマン伯爵の霊薬について話をした。彼はサンジェルマン伯爵の専門家で歴史のマニアなのだ。

「彼はサンジェルマン伯爵の謎を追っている」

「歴史とは、三度の飯より好物だ。貴族の好奇心を満たしてくれる良質のソウルフードみたいなものだ。貴族の道楽と思ってくれたまえ」

エルンストはご満悦のようだ。

「サンジェルマン伯爵はパン一切れと霊薬で二千歳の長寿になったそうだ。その成分を追求することだ」

「そう、その通り。君ならわかるだろう」

この伯爵が俺に近づいた理由は、サンジェルマン伯爵の霊薬の成分について聞きたかったのだ。俺も、ご老人の趣味に付き合ったが、本気とは思わなかった。宿題の“答え”を言った。

「その答えは“ノン（無い）”だ。成分云々という以前に、生物学的にあり得ない。新陳代謝できないからだ。究極の流動食で活動できるか、と同じだ。それに、細胞の老化は新陳代謝がある以上、止めることはできない。更新するということは劣化する裏返しだ」

「わしも、まともにあるとは思ってはいない。ただ・・・」

「ただ？」

エルンストにジョゼフィーヌが聞く。

「ただ、どこにあるかは知らないが、サンジェルマン伯爵が残した“不死薬”が埋められている、という伝説がある」

「へえ。そうなのですか」

俺も興味があった。そんなものがあるなら見たいものだ。

それにしても、この老人はサンジェルマン伯爵のことになると、目を輝かせる。

「ムッシュー・グリニャール伯爵。フランスといえば、かの有名なナポレオン・ボナパルトが霊薬を求めていた、という伝説をご存知ですか?」

ジョゼフィーヌは言った。俺は黙って聞いている。歴史学者だ。歴史好きには最高のレクチャーとなるだろう。

「もちろんだ。祖国の英雄だ。Magen(マーゲン/胃)にGeschwür(ゲシュヴェール/癌)ができていたんだ。癌の**erkrankte Personen**(エルクランケ・ペルゾーネン/患者)さ」

俺はそうだよな、と思った。

「そうです。これはあくまでも仮説の一つですが、ナポレオンは胃癌で死んだそうです」

伝説というより、噂話に過ぎないのでは、と俺は心底疑っていた。暗殺説を唱えるジョゼフィーヌでも、そこは諸説があると公平に扱っている。

「彼は、ルイ十五世に仕えた錬金術師サンジェルマン伯爵に命じて、がん治療薬を作らせたとか」

俺は一つ質問してみた。

「ナポレオンが不死薬を作る命令をしたのは、間違いないでしょう。では、その薬の内容は」

化学者の真骨頂だ。解毒なのか、抗癌剤なのか、あるいは、本当に不死身の薬か、だ。

「詳細はわからない。なんといってもテュルリー宮殿に保管されていた資料は、十九世紀半ばに消失したからね」

エルンストは苦笑して語る。

「無論、私も知らない」

彼は少し興奮気味で言葉を続けた。こう考えると興味が尽きない。

「しかし、面白いだろう?現代に生きる我々の科学力でも難しい抗癌剤の開発が、二百年も前の昔に成功したなんて・・・まさしくオーパーツではないか!」

かくいう俺も、こういった都市伝説に、興味がないわけではない。

「君とは、よくその不死薬の話をしたものだ」

エルンストが言った。

「本当なの」

「ああ。それが彼との出会いだ。俺がまだ、研究員だったころ、出張の折に、俺を訪ねてきてな」

「ああ。ワシは歴史に詳しいが、科学がさっぱりじゃ。ワシがつてを探して、当時抗癌剤を研究しておるタナカを、探し出したのじゃ」

ジョゼフィーヌも納得したようだ。

「サンジェルマン伯爵も、お好きなのですか」

ジョゼフィーヌは聞いた。

「好きも何も、彼こそが、現代科学の祖と言うべき人物じゃ」

「でも、架空の人物、といわれておりますわよ」

すると、エルンストの表情が変わった。

「お嬢さん!滅多なことを言う物じゃない!ワシは実在しておると思っておる。ナポレオンは共和制を残したが、サンジェルマンは化学を残した。偉大な功績があるのだ」

迫力にジョゼフィーヌも引いた。

「わかりました」

ジョゼフィーヌには悪いが、この爺さんはサンジェルマンの信奉者だ。それ以外受け付けない。

「それはともかく、ナポレオンは不死薬の製作指示をしたわけですね」

俺は話をはぐらかした。

確かに、彼の言う通りの事実が存在するならば、その抗癌剤は十九世紀のオーパーツになるかもしれない。

「でも、その霊薬がどこかに隠されている、という噂があるわ」

ジョゼフィーヌが口を開いた。

「・・・お嬢さん、どこでそれを・・・?」

エルンストの目つきが変わった。ジョゼフィーヌも、にこりともしない。

(こいつら・・・一体・・・)

一種の緊迫感に染まった。その時だ。

「ムッシュ!ムッシュ!」

と内線から叫ぶ声が上がった。

「彼はバルサーモと言って、私の従事で、イタリア系の愉快な奴だ。それにしても、あわてているな・・・」

応答に答えた。

「なんだね?」

エルンストの呑気さと好対照だ。

「警察です。どうやら、そこの二人は犯罪者のようです」

緊迫感から、疑惑が一気に噴き出したようだった。

「なんだと?お前たち、何をした?」

「エルンスト、信じてほしい。我々は何もしていない。誰かにはめられているのだ」

「わしは節穴ではないぞ。こんな夜中に訪ねてくる方が、おかしい」

これは万事休すか。そう思った時だ。

「そのサンジェルマン伯爵の末裔を追っていると

いえば、納得できるかしら?」

おいおいジョゼフィーヌ、何を言っているのだ?

「あなたも、彼をお探しなのでは?」

すると、エルンストはジョゼフィーヌをじっと見つめた。

「・・・事情は定かかじゃないが、あんた方が、はめられたのは事実のようだ。もし、そんな人物がいて、彼を追うとしたら、君たちは、フランスの暗部に触れたことになる。なるほどな」

フランス人にしかわからない"内部の事情"らしい。そういうと、内線を手に取った。

「従事たちに、お客さん(警察)を丁重にもてなしとけ、と伝えろ。バルサーモ、今いるタナカを、脱出させる準備をしなさい」

というと内線を切った。

「君たちをつまらないことで、潰すわけにいかない。世紀の発見である、サンジェルマン伯爵の不死薬を、追ってもらわないといけない」

俺たちを信用したようだ。

「フランスの暗部って?」

俺は聞いた。

「触れてはいけない秘密よ。サンジェルマン伯爵の末裔を探す事は、フランスの秘密に触れるタブーなの。グリニャール伯爵は、その点を理解されているようね」

「警察はこの場合、邪魔ものだ」

なるほど。そういう構図なのか。

「だが、この先はどうするのだ」

エルンストが聞く。

「その心配はございませんわ。ライプツィヒに飛びますの。リヨン空港にジェットが待たせてあります」

「ライプツィヒ?そこに何があるのじゃ」

緊張の中に、老人は好奇心を漂わせていた。

「ライプツィヒにそのキーを握る人物がいますの」

「ほう、誰かね。まさかそのナポレオン、というわけじゃないだろうね」

「いいえ。化学者です」

「レオポールと言います。彼はライプツィヒにいるというのです」

俺も参加した。

「彼の会社、テムジン社があるのです」

ライプツィヒとレオポールの事は、会社の所在地でつながっていると思っていた。

「その男が、『不死薬』のことと関わっているのかね」

「少なくとも、彼はそれを探しているのです」

老人はしばし考え込んだ。

「わかった。ワシが何とかしよう。君たちを、無事にリヨン空港に送ることにする」

「レオポールは、恐らくサンジェルマン伯爵の末裔です。きっと捕まえます」

ジョゼフィーヌが言った。

「え?レオポールがサンジェルマン・・・?」

俺は言いかけたが、ジョゼフィーヌは俺の口を塞いだ。

「しっ!今はそういうことにしておいて・・・」

ひとまず俺は口をつぐんだ。何かの計算だろう。

短時間ながら、エルンストの激励とアドバイスを受けて、俺たちはフランス警察の包囲する城を、裏口から逃げることにした。

さすがにお城だ。数台の高級車が中庭に並んでいた。

「すごいな。世界の高級車が並んでいるぞ」

俺も、半端ない大金持ちを見たことないが、これが金持ちかと思った。真っ赤なフェラーリ、真っ白なポルシェ、そして真っ黒なベントレー。桁外れなお金持ちだ。

「フランスの貴族は、けた違いだ」

俺がそういうと、

「貴族?ムッシュ、フランスでは、貴族はいませんわよ。共和制ですから」

「そうだな」

おれは当たり前のことを忘れていた。表と裏ということらしい。

「けれど、ナポレオンが共和制を育てても、貴族は続いていますわ」

一息ついて
「けっして表には出てきませんけど」

なるほど、あながちナポレオン7世というのも、眉唾物でないのかもしれない。

「ここにどうぞ」

といって従事のバルサーモが言う。彼はイタリア人というだけあって、垢ぬけていそうだ。若い。

「これはトラック・・・」

「仕方ないですわ。ムッシュ」

ボックス型の荷台のついた運搬車だ。

「この荷台にどうぞ」

「こんなので、すぐ見つかってしまう」

俺はそう言ったが、バルサーモにトラックに押し込められた。

真っ暗な道に出た。しばらく幹線をいうくと、青い回転灯が光っている。

「絶対見つかる・・・」

荷台から、小窓があって前が見えた。

「大丈夫です」

バルサーモが答えた。

検問にはポール警部がいた。

「犯人は、必ずここを通るはずだ。絶対に捕まえろよ」

そして俺たちのトラックの番になった。

「Che cos'è questo!（なんだこれは！）」

バルサーモが検問の警官に怒鳴る。イタリア語なので、よく響く。

「なんだ、お前は！フランス語で話せ！フランス語で！」

短気なポール警部も怒鳴り返した。全然、会話がかみ合いそうにない。

「Solo in italiana!（イタリア語オンリーだ！）」

バルサーモがイタリア語で話す。

「これはイタリア語です。俺が通訳できます」

若い警官が通訳を買って出た。

「くそ、南フランスだからな。イタリア語だけの奴もいるだろう。とにかく、こいつに荷台をあけろといえ」

ニースあたりは、特にイタリア語話者が多い。国境に隣接するイタリア・ピエモンテ州は伊仏両語が公用語になっているほどだ。

「検問だ。荷台をあけろ」

「なんだよ。旦那」

バルサーモの言葉遣いが悪い。

「殺人犯を追っている。すぐに荷台をあけろ」

「バカ言うな。これはグリニャール伯爵のワインを載せているぜ。最高級のネメアだ。止めたら、お前らなんか、首飛ぶぜ」

中身は、ギリシャから直輸入されたワイン『ネメア』の樽だ。

μπουκάλι της Νεμέας（ボウカリ・ティス・ネメアス：ネメアの樽）

ご丁寧にギリシャ語まで書いてある。

俺は本当かよ、と思った。演技だ。

「怪しいな。ますますだめだ」

「へっ！俺は、どうなっても知らねえよ」

すると、荷台のカギを外した。

「ふーん」

俺の心臓が激しく動く。中にはワイン樽と、ワインセラーがあった。

「フンッ！おあつらえ向きだ。きっと、この中に隠れているだろう」

といって、ワイン樽のそばに来た。ワインセラーを見た。格子状の棚がある。幅は広いが、なかは棚で中空だ。

「ワインセラーなんかに人の入る場所はない。ワイン樽は、隠れるのにちょうどいい」

といって、あけるように指示した。

「お前ら知らねぇぞ。お前らの給料じゃ、とても飲めねぇ品物だ」

とバルサーモは、ぼやいていた。ぶつぶつ言いながら環貫で樽のふたに手をかけあけた。

「…」

「次・・・」

みると、満タンに入ったワインが満ちていた。
2、3開けさせたがワインしかなかった。相変わらず狭い場所に俺たちは押し込められ、事の行方を追っている。

そして、下の方のワインの横をひとつずつ手でたたいた。鈍い反響で、どれもワインで満ちているようだ。

「・・・中身はワインか。もういい、行け・・・」

ポール警部は言った。

「冗談じゃねぇぞ。開けたワイン樽は？」

「知るか。苦情はフランス政府にいえ」

「そうかい！わかったよ」

といってバルサーモは運転席に憮然と乗り込んだ。これで検問突破だ。

「ちょっと待て・・・」

俺たちはドキッとした。バルサーモは乗り込む姿のまま、凍っていた。

「その手の指輪は何だ？」

バルサーモは運転手の格好をしていたが、手に高級な指輪をはめたままだった。従事たる者、身なりの中に、ちょっとした宝石をつけていたのだ。

「そんなもの、運転手にしちゃ、高級だな・・・」

するとバルサーモはヘラッと笑った。

「刑事さんも見る目がねぇな。これはベネチアの市場で買った中国製さ。どうだい、今月は金に困っているんだ。買わねぇか」

実は高級な指輪だ。

「そうだ。２ユーロでどうだ」

すると、ポール警部も、押し売りしてくる運転手に閉口した。

「忙しんだ。さっさといけ」

追っ払うように車に押し込めた。

「なんでぇ。ケチ・・・」

バルサーモは悪態ついて、車を発進させた。

従事のバルサーモは、うまくやってくれた。荷台にノックしていった。

「ムッシュ。もういいですよ」

俺たちはワインセラーの壁から出てきた。ワインセラーの後ろが収納庫になっていて、人間が、何とか入れるスペースがあったのだ。ワインセラーの奥行まで見ていなかった。棚になっているので、錯覚したのだ。まして、ワイン樽の方にポール警部は意識が行っていた。そちらは、いわば囮だ。

「明け方には、リヨン空港に着きます」

バルサーモは夜のリヨンを急いだ。

夜明けの空港に甲高い金属音が響く。小型ながら、最新式のビジネスジェットだ。

夜は明け始めていた。暗黒の大地に、うっすらと太陽が、その目を輝かせている。光は太陽に光の環を飾っていた。空気が澄んでいる。紫雲というべき雲海の上にはくれないの帯がにじみ、その上には青へのグラデーションとなっている。ちりばめた星々が瞬くその光景は、神秘を含んだ静寂の中にあった。

リヨン空港からエルンストの手配した自家用機に乗って、ドイツを目指して離陸した。

しばらくもしないうちに、俺たちの機体はストラスブール・・・仏独国境に差し掛かる。朝の澄んで透明なまっすぐな光は、成層圏が近いこともあってか、さらに鋭さを増して差し込んでくる。地上と比べると透明度は高い。天使は、いつもこの光を見ていたのか。雲の上から見る朝日は、さらに眩しく照明のように、膨らみ、とても直視できない。

直下のフランスの地は、まるで地球儀を見るかのような感覚だ。小さな模型に光を当てたかのように現実味がないほど新鮮だ。しかし、そこには、全てに人々の生活があるのだ。これが雲の上から見下ろす、ということなのか。雲の影が動いているのがわかる。神の視線を感じる。一本の線が見える。

「ライン川が見えた。ストラスブールは国境の街で、その左岸にあるわ」

すると、遠方で高速移動する一つの点を目視することができた。パイロットの表情が険しくなる。

「ドイツ空軍です」

パイロットが言った。問題はなぜ、そんな目視できるところまで、接近しているか、だ。街角のパトカーとはわけが違う。

「飛行計画を出したのだろ?」

と俺が言うと
「しっかり出しました。おかしいな・・・」

といっていた。なにせ仏独国境だ。

「ユーロ圏では戦闘機の越境も自由なのか?」

パイロットが皮肉交じりで苦笑いする。機体はいまだライン川を超えていないので、ここはフランス領空である。彼女の話によれば、あの中華街のオヤジに任せれば、必ず安全なフライトスケジュールを手配してくれるので、越境自体は問題ないらしい。しかし、戦闘機は機体に接近して、背後につく。飛行機で背後に着くことは、攻撃の合図だ。

「おい、待てよ・・・」

真顔でパイロットが言いだした。

パパパ
と光る弾がコックピットを横切った。

「撃ってきやがった！」

パイロットが叫んだ。

「領空侵犯ってやつか？」

俺が言うと
「バカ言わないで！正規ルートよ」

ジョゼフィーヌが言った。

「これは信号弾で警告だ。次は落とすといっているのだ」

パイロットは緊張していて、本当に危険な状況らしい。

信号弾で威嚇射撃までしてくるのだ。

マフィアとか、警察、今まで大きな組織が襲ってきた。

だが、今度のは違う。軍だ。国家だ。この話の全体が見えない。


戦闘機がさらに近づく。わずかに、その鍵十字の国籍マークを確認することができた。

パイロットによれば、この戦闘機はカナード翼が特徴の、NATO諸国軍の最新鋭主力戦闘機で、名前をタイフーンというらしい。

「こちらドイツ連邦空軍。当飛行機には国際指名手配犯が搭乗している。誘導に従い、ドイツ国内の空港に着陸するように」

そう、告げてきた。副操縦士は
「あんたたち、何をやってきたのだ？」

聞き返してきた。その表情も、おだやかではない。

「俺たちは何もしてない。何も・・・」

そういうが、彼は睨んだまま、詰め寄ろうとしてきた。

するとレーダーに、もう一機機影が捉えられた。

「何かおかしいぞ・・・」

パイロットが言った。すると、別に無線が入ってきた。

「国籍不明機に警告する。この空域はフランス領空である」

ドイツ空軍機を追ってきたのはフランス海軍機だった。

「我は国際法に従い、犯罪者の強制着陸を、おこなっているものである」

というドイツ機に対し
「フランス領空においての主権は我にあり。お引き取りを」

まさに一触即発の状況だった。すると、ドイツ機は、仕方なく東方へと逃げてしまった。

「こちらシャルル・ド・ゴール所属 11F 航空隊艦載機・・・聞こえるか?」

どうやら、フランス海軍の艦載戦闘機が、スクランブルしてきたらしい。

「我に従え」

ラファールとよばれる海軍の戦闘機が近づいてくる。

「先の機体は隣国より飛来したと思われる、国籍不明の戦闘機だ」

返答も通信文で行われる。しかし、白々しい。国籍を明かしては外交問題になるからだろうな。

「改めて警告する。越境せず、我に続け。貴機は他国領空下で撃墜を受ける危険性がある」

フランス海軍機からの通信だ。大変な状況になった、鈍感な俺にもそれぐらいはわかる。パイロットの血走った眼を見れば、状況がわかる。

撃墜の理由は、よくわからないが、俺たちを目の敵にする誰かがいるのは確かだ。普通の対応ではないようだ。大国の空軍海軍が取り合っているのだ。

「しかたない。言うことを聞きます。いいですね?」

「・・・え?」

俺が唖然としていると、俺と彼女は背後から拳銃を突きつけられる。オヤジが雇った者ではないようだ。

「いったい何のつもり?」

「DGSE(対外治安総局)の権限により、貴方がたを保護します。もし国外に出れば、命の危険にさらされる」

副操縦士が応える。

「私はフランス警察の者です。トゥーロンの海軍基地にお連れします」

曲者ってやつだ。

副操縦士が席を立つ。サングラスを外した。あ、あんたは!パリで最初に俺を追ってきた奴だ。

「・・・私はポール警部だ。君は、プロフェッサー・タナカとかいったね。超が付くほど有名な化学者と聞いたが?」

いきなり嫌味全開な口調だ。

「ムッシュ・タナカは、何も悪いことなんてしていないわ!」

ジョゼフィーヌの言葉をさえぎる様にして、ポール警部は俺に指さしながら、彼女に向かって怒鳴る。

「困るのだよ!化学賞受賞者か何だか知らないけど、胡散臭い奴が嗅ぎまわるせいで、フランス政府が迷惑している!」

「メ、ジュ・・・ジュステ!(でも、俺は・・・ただ!)」

フランス語で喧嘩したことがない。言いがかりも甚だしい。

でも、頭が真っ白になってきたぞ・・・!?

「だいたい彼の研究内容は、機密事項・・・それもフランスの国益にかかわる。政府、当局とも看過できない状況にある」

機密とは何だ?俺は純粋に製薬を研究しているだけだ。

「じゃあ警部さん、彼をしょっ引く理由は何?」

さすがジョゼフィーヌはネイティブのブレーンだ。当たり前だがフランス語は流暢だ。俺は、まくし立てるようなフランス語をしゃべれない。コックピットが怒鳴り合いになっている。

「とにかくタナカは煙たいのだよ!トライゾン(反逆罪)で逮捕する!」

ネイティブ同士が本気で喧嘩している。刑事は俺に近づこうとした。

「ちょっと待って、あなた、本当にフランスの警部なの?」

「なんだと!無礼な!」

ジョゼフィーヌの一言で警部は激昂し、あわや懐の拳銃を手に取ろうとした。

「アトンデ、シルヴプレ!(待ってください!)」

俺が彼の静止に入った。

「歴史上、国家の安危に関する機密保護、なんて曖昧な大義のもとに、無実の市民が冤罪をこうむったわ」

ジョゼフィーヌが言う。さらに続ける。

「それにタナカは外国人よ。トライゾンでは逮捕できない」

日本人の俺は、フランスでは外国人なのだ。

「君も口が達者な女だな。その口ぶりは歴史家かね?」

ポール警部は挑発的な口調は、今も変わらない。もちろんジョゼフィーヌのことを知っている。

「調べさせてもらったよ。P.N.ジョゼフィーヌ。リヨン大学歴史学教授。だが、公式な個人情報は、これ以上ない」

俺はえ?と思った。ジョゼフィーヌは無言になった。偽物ではない、大学に在籍している。しかし、履歴は一切ない。

「フランスの記録にないのだ。お前は誰だ」

ポール警部の言うことは、ただ事ではない。これが意味することは、確かに普通じゃない。公式に履歴がないのだ。人間の市民としての人格がない。

「だからって何なのよ。フランス政府に、直接聞いてみたら?」

ジョゼフィーヌは居直った。

「まあ、いい」

興奮が冷めて、ポール警部も俺を放した。手がじんじん痛む。力がすごいと思った。

「俺如きがわかるはずもあるまい。今の騒ぎを見れば、な」

ドイツ空軍の要撃、それが尋常でない証明になる。このお膳立てはまともじゃない。逃がし屋の飛行機に警察がすり替わっているし、国家間の衝突を上空で見た。まともな話じゃない。

「だが、政府は我々に『君たち』の、逮捕または国外退去を命じている。そのためになら、冤罪もやむなし」

誘導を担当するラファールは南進した。その方向にはフランス海軍母港、トゥーロン軍港がある。

結局俺たちは、空軍基地に誘導された。

　フランス軍戦闘機によってトゥーロン軍港にほど近い、空軍基地へと誘導され、俺たちの機体はアプローチに入る。

空母の巨体が、軍港内の専用ドックに係留されている。なんでも空母収納能力を持つドックは、フランス国内ではここトゥーロンしかない。

この巨船は英雄シャルル・ド・ゴールの名を冠しているフランスはアメリカ以外では唯一の正規空母保有国である。この巨船そのものが、フランスが持つ強力な軍事力の象徴となっている。

空軍基地へ降り立つと、将校とその部下数人が出迎えた。

「手間をかけさせるな」

笑って言っているが、苦虫を潰しているに違いない。俺たちはフランス海軍だけでなく、空軍にまでマークされていたらしい。誘導された俺たちの機体は、基地の格納庫に収納されている。左右にはおびただしい機数の軍用機が整然と並べられている。

「ここは・・・俺の知らなかったフランスだ」

もちろん、ここは本来民間人の立ち入りを禁じられた軍用地だ。

さっき俺たちを誘導してきた海軍のラファール戦闘機と、空軍のそれが並置されている。比べると、塗装が違う。

俺は専門家ではないが、海軍機は海洋迷彩といって、青系統の塗料でまだら模様のように迷彩するのに対し、空軍機はグレーの単色で迷彩塗装されるそうだ。

俺たちは軍人の誘導に従って基地を後にした。

将官は、俺たちを、またどこかに「連行」するようだ。

軍服に髪を整え、いかにも上品なフランス人だが、緊張しているのか言葉は少ない。ポール警部は、もういない。

「我々はマルセイユへ向かいます。あなたがた外国人（エトランゼ）には、プロヴァンス空港から帰国してもらいましょう」

上品な顔で宣告した。

「つまりは国外退去だ」

日本人が、である。

マルセイユは地中海最大の湾岸都市のひとつで、交通の要衝にあたる。俺たちは将官の運転する車に移乗し、東へ走り出した。

「飛行機の次はドライブですか」

「私たちは、どうやら厄介ごとに、足を突っ込んでしまったようね」

俺たちは、どうも事情がわからない。

「あなた方が『ナポレオンの霊薬』について研究しているとの通報を受けてね。詮索は無用だ。やめたまえ」

将官の態度は威圧的である。

「あの時、フランスが助けなかったら、君たちは撃墜されていた」

あまりのことに思わず聞き返した。

「それはどういうことですか」

「君たちがドイツに入るのを、いいとしないのだよ」

「俺たちはただ商用で・・・」

そういうと将官は続けた。

「まだわからないのか。ドイツは、この件が表沙汰になるのを嫌っている」

「一市民のすることが、そんな大きなことになるはずがない」

俺が言うと、その将官は言い過ぎたと思ったのか、

「俺はそんな事情知らない」

とごまかした。

「何か問題が？」

「ふん、この件は製薬業界の利権が関わっているばかりでなく、国益をも左右する重大案件だ」

国益の意味する内容まではわからないが、ドイツは、俺たちが入ることに警戒がある、と見た方がよさそうだ。ドイツが嫌う理由、それはテムジンのことが一つの私企業のことでないと意味している。

「私は歴史学者なので製薬は知りません。しかし、ナポレオンの霊薬は十九世紀の伝説『だった』のでは？」

ジョゼフィーヌは不服そうに尋ねる。彼女からすれば、「知った所ではない」なのだ。

「だから、詮索は無用だと言っている。これは『国家機密』なのだ」

どうやら、虎のしっぽを踏んでいたらしい。

海岸が見える。

そう、ここはフランス最大級の観光名所、Côte d'Azur（コート・ダジュール）だ。

夏のパリは空っぽになる。なぜなら、パリジャンは皆ヴァカンスをここで楽しむからだ。

だから、夏のコート・ダジュールはとにかくホットなのだ。

「ああ、いい景色ね」

ジョゼフィーヌがつぶやく。

俺は黙って、車窓を過ぎようとしている砂浜を眺

めている。

まだ春が抜けきっていないこの時期は、砂浜の人混みも少ない。

「運転手さん、ここでおろしてほしいの」

彼女が言った。

運転手・・・おそらく軍の人間だろうが、彼は顔をしかめたものの、

「ふん、仕方ない」

そういって、車の速度を落として路傍に寄せた。

「エクスキュゼ・モア・メ（すいませんが）、少し外の空気を吸いたいの」

無理も無い。ここ一時間ぐらいは走りっぱなしだ。

停車すると、ジョゼフィーヌが真っ先に外へ出て伸びをした。

俺も仕方なくついていく。一緒に海を眺める格好になった。

運転手はタバコとライターを取り出し、嗜もうとしている。

とりあえず、二人は階段をおりて砂浜に座った。

二人はまさに海に臨んでいる。

「私は南仏（ミディ）の出身なの。地中海が好き」

「へえ」

「マルセイユの朝市に出かけるときには、必ず夕食のスープに入れる魚を買うの」

「〝さかな〟だって？」

俺は思わず日本語で聞き返していた。フランスでも魚介類が名産になっているのか・・・

「ええ、ポワソンですわ。ブイヤベースに入れるの。カサゴ、アンコウ、オコゼ、ホウボウといっ

た魚を煮込む庶民料理です」

カサゴはラスカッセ、アンコウはボードロワ、オコゼはシャポン、そしてホウボウはガリネットという仏名をいただいている。つまり、東西の洋では魚の名前も違う。

「ブイヤベースなんて高級料理じゃ・・・」

するとジョゼフィーヌが笑う。

「うふふ、日本の方々は高級志向なんですわね。ブイヤベースは、もともと漁師のまかない食として考案されたんです。魚の塩煮が発展したわけで・・・」

ジョゼフィーヌは南仏内陸部のリヨンに住んでいた。しかし、南仏の食に欠かせないのは魚だ。コート・ダジュールの綺麗な水が、フランス人の心のみならず、魚にとっても故郷（ふるさと）となっている。

南仏には漁港がある。マルセイユが有名で、コート・ダジュールのあるプロヴァンス＝アルプ＝コートダジュール地域圏の首府があるブローシュ＝デュ＝ローヌ県の中心都市だ。

人々はコート・ダジュール一帯をリヴィエラ（Riviera）という。

「海がきれいだ」

白、青、紺のストライプ、透き通った水。そして空。

いずれも青く紺碧海岸の名に相応しい。

（その心あまりて、ことばたらず）

こんな先人の言葉が脳裡によぎる。

ふと、振り向いて見上げれば、太陽に照らされた町並みが白壁とオレンジ煉瓦のコントラストになっている。海岸の砂浜に目を向ければ、反射して輝く砂と波打つ海際。いますぐにでも飛び込みたくなる。

「この美しい海と町を守ってきたのは、先人たち。それにこの海自身なのよ」

ジョゼフィーヌは意外とロマンチストらしい。

「地中海の水は時間の流れの中で、常に流転しているの」

「つまり、数百年で海の水が入れ替わっているってこと?そういえば、海洋研究の論文で・・・」

「そうじゃないの!水根源説を唱えた古代ギリシャのタレスも、ガリアを征服したローマの英雄カエサルも、かのフランス皇帝ナポレオンも、皆この海を見て育ち、愛していたのよ」

どうやら、俺は少々鈍感だったらしい。ここは堅苦しい学術討議の場ではない。

「海を愛する人々の願いが、イタリア・リグーリア州から南仏の海岸線にいたるリヴィエラの観光地としての保全へと繋がったそうよ。でなければ、紺碧海岸は消えていた」

「へえ」

「生返事(ヴァグー)だけじゃいやよ」

俺は肩をたたかれ、ジョゼフィーヌの方を向いた。瞬間的に彼女と目が合った。

「Vous etez beau.(あなたは綺麗ね)」

「Vous etez, aussi.(あなたこそ)」

この瞬間、鴎が鳴き、波が大きくうねり打つ。その音だけが聞こえた。

静寂さ、閑静さ、そういった表現を声に出すのもはばかれるほどの静けさ。

地平線に見えるのは一艘の漁船と、その周りを飛び回る海鳥たちだ。

beau(ボー:美しい)、日本語でいうところの

『イケメン』といった用法もある。顔に自信のない俺にとって、人生初のbeau、である。

「ねえ、ムッシュ」

俺ははっとした。いまどれほどの時間が経ったのか、わからない。つまり、俺は時間を忘れ、うっとりと風景に見とれていた。

「ここまで連れまわしておいて、あなたには私のことを何も教えていなかったわ」

思わせぶりな言葉の続きを、俺は待っていた。

「私が、フランス政府の公式文書や戸籍に乗っていないかというと、ある密命を帯びているからなの。それは・・・」

俺は耳を傾ける。彼女の秘密に、迫っているのだ。

ワンワン!

レトリバーの仔犬が二人の眼前に現れた。

ジョゼフィーヌは口を開きかけていたが、ついに語ることがなかった。

「あー、可愛いわね」

俺は、突然の乱入に唖然としている。ジョゼフィーヌが犬を抱き上げた。犬は尻尾を愛らしく振っている。

「パードン、パードン(すいません)・・・うちのシアンが」

遠くから若い女性の飼い主が謝りながら、走ってきた。ジョゼフィーヌは抱き上げた犬を、飼い主の女性に返した。シアンとはフランス語で犬(chien)のことだ。

「Pas mal de chose(大丈夫です)。このレトリバー、可愛いですね」

「ええ、いま流行のアクセサリを買ってあげているんです」

さすがファッションの国、犬もお洒落。レトリバーの着ているドレスは、ちょうどファッション・デザインの服をそのまま縮小したような形をしている。

短い会話を済ませ、飼い主は、運転手のフランス将校が車を停めている散歩道に戻っていった。

「Ne me fâche, allons!（さっさと行くぞ！）」

将校が俺たちを呼んでいる。苛々していたようだ。

結局、国外退去を受け、俺は東京に戻ることになった。

シャルル・ド・ゴール空港で俺たちは別れた。いままでのことは、何事かわからない。ただ、国際的な陰謀という話だった。だが、まるでスパイ映画のような出来事だった。化学者の俺が、あり得ない話だ。ただ、ジョゼフィーヌという人物は、国家レベルのなにものか、ということだ。スパイ、あるいは何か得体の知れないものだ。フランス政府のデータに刻んだ不自然な履歴。俺は信じたくはなかった。それについては何も彼女は語らない。そして、俺もそれを聞くのが怖かった。

フランス政府が手配した航空券で、俺は帰ることになった。

ロビーでアナウンスが響く。

「ジョゼフィーヌ。今までありがとう。とても楽しかった」

それに対してジョゼフィーヌは、

「そうね。とても情熱的だったわ」

刺激的というところだろうが、情熱とはいかにもパリっ子だ。これが、俺の一方的な思い込みであってもよかった。恋人と一緒にいた、という錯覚は幸せだった。作られた人格と一緒だったのだ。本当は別世界の住人なのだろう。国家のエージェントが、国家に止められるとは、暴走なのだろうか。でも、ジョゼフィーヌは、とても人間的でチャーミングで、そうは思えなかった。

「いい思い出になる。では・・・」

出国カウンターに入りかけた。

「ムッシュ・・・」

俺は振り向いた。

「そういえば、ムッシュにメールが来ていましたわ」

ジョゼフィーヌに来ているのだ。今更何だろう。

俺は彼女の差し出したスマホの画面を見た。スマホのケースはトリコロールだ。もちろんフランス国旗の色だ。

“CunCun 月の使者は月の都にいる。天の印を探れ。ナポレオン7世”

CunCun とは挨拶である。やあ、という意味だ。

俺は何のことか測りかねた。かぐや姫のことは、日本人なら当たり前に知っていることだが、わざわざメールにすることもあるまい。

「ナポレオン7世という男は、俺に一体、何をさせたいのだ?」

俺は事ごとに出てくるナポレオン7世というのに疑問を持った。ナポレオンというのは男性名だ。日本でいうなら”太郎”だ。男としか思えない。つまりは、ジョゼフィーヌはナポレオン7世の配下か。それなら謎は解ける。だが、そうでなくても、何らかの関連性はあるかもしれない。

「だいたい、君のスマホにメールをよこしている。

それに、あの警部も口にしていた。君は何を知っている
のだ?」
「いいえ。私は知らないわ。国家を操れるのなら、個人
のメールも操れるのじゃなくて?」
「だが、履歴がないなんて、まるでスパイか特殊部隊で
はないか」
俺はたまりかねて聞いてみた。
「ああ、あれ?考えても見て。ポール警部という人物、
信じられるの?」
「警察だから・・・」
「警察って、フランスじゃ、悪い組織と手を結ぶ不良警
官が大勢いるわ。仮に私がナポレオン7世と関係があっ
て、もし、それを警部が妨害しているとすれば・・・」
そうだよな。確かにそうだ。
”Acheter des polices(警察を買収する)” といえば、立
派なフランス語の熟語になっている。
「レオポールを追わせないということか。レオポ
ールは犯罪者だ」
ポール警部はレオポール側の人間だ。そう確信し
た。
「残念だけど、阻止されたのよ。いい?あなたに
とってレオポールは憎むべき屈辱を与えた相手、
ナポレオン7世は、彼を捕まえたがっている。彼
は少なくとも実在するようね。でも、国家権力を
握るほどの力が、あるかもしれないのよ。ナポレ
オンといえば、今でもいるという噂があるから」
「フランスの影の英雄か。それにしても、このま
ま終わらないじゃないか」
「そうかもね」
ジョゼフィーヌはあっさり言った。

「でも、ムッシュはナポレオン7世に、何かを見込まれているのよ」

「俺をねぇ。探偵でも何でもないぞ。ただの化学者だ」

俺は心底そう思う。今までのことも、キャラに合わない。

「でも、その化学にまつわることですわよ」

確かにその通りだ。

「きっと、ムッシュとは、また会えると思うわ」

「なんで、そう思うのだい？」

俺は預言めいたことを言うジョゼフィーヌに、おかしさを感じた。

「さあ。そう思うの・・・」

彼女のつぶらな瞳はうそをついている感じがしなかった。

実際彼女とは、数日一緒にいただけの間柄だ。

「だから、Au revoir（オ・フヴォア）なの」

オ・フヴォアは「また、会いましょう」という挨拶だ。


そういうと、彼女の方から去っていった。

俺は出国カウンターの中から見送った。


俺は飛行機に乗った。激しく危ない数日間だった。そんな中でも、感じた恋心。俺も正直あったのだと思う。無かったといえばうそになる。化学の中ではそんな感情は存在しない。何かと何かを結合すれば、何かができる。人間はそんなに単純じゃない。計算と理論を超えた答えがある。

「あっ！」

俺はふと思った。

「携帯の番号聞くの忘れた」

なにやら惜しい気がした。服に彼女の香りが残っている。さっきまで、いたのだな、と確認できる。残り香だ。だが、もう彼女と会うことはないだろう。抱いてみたかった。だが、二度とあり得ない。

「電話番号でも聞いておくべきだったな」

俺は飛び立った機上で思った。

かぐやプロジェクト

―ヨーロッパでは、もうすることがない。
　東洋でしか、大きな仕事はできない。
ナポレオン・ボナパルト、フランス

東京に戻ってからの俺は、レオポールとは関係のない、解放された生活をしていた。フランスの出来事は全て、次元の違う話で、関わることのない話だ。毎日通勤電車に揺られ出勤する。あの化学賞の受賞者と気づくものは一人もいない。全く溶け込んでいるのだ。会社でも一部宣伝に使われるだけで、あまりぱっとしなかった。「かぐやプロジェクト」の失敗を引きづっていた。

「こんなものさ・・・」

あきらめにも似た胸中で思い出すのは「かぐやプロジェクト」の失敗はどうして起きたのだろう。明らかに中国系ドイツ企業への情報漏えいから始まっている。あの会社が、突然フランス企業と共同開発を始めて、特許を取ったことなのだ。あのおかげで日陰者だ。

感情?もうないよ。本当のそうか?パリの一件で、どうしても気になってしょうがなくなっていた。頭で葬った出来事が、忽然と鮮明によみがえった。レオポール、という見たこともない名前によって。昼飯を食べても、通勤電車に乗っていても、それだけが頭によぎる。

「国家の陰謀・・・」

ナポレオン7世の言葉がよぎる。よく考えれば、最新化学に近世の英雄だ。まるで関係を感じない。

日本人だから、だろうか。

俺の会社、秋津洲製薬は、日本でも老舗の製薬会社だ。本社は富山にある。基礎開発研究所と工場の一部が川崎にある。俺は川崎にいる。会社は、いわゆる富山の行商がルーツになっている。入社十一年目で、まだ〝中堅〟社員だ。もし、あの世界化学賞の受賞がなければ、まだ〝兵隊〟だった。本来はマスクにゴーグル、極薄ゴム手袋をはめ、白衣を着て入室するのだが、昔のことだ。研究所が部署ではない。今の俺は現場だ。会社ではそういう扱いをされている。今は安全靴と長袖作業着の姿で、現場の一部だ。白衣など、このところ着たことがない。

一年前までは、本当に「かぐやプロジェクト」の「創薬化学研究所」の「化学療法A研究チーム」のリーダーだったのだが、今は建物の隣にある閑職の製造ラインの「分析室」に移った。「品質保証部」に異動になり、品保（品質保証）を担当し、できた製品がしっかり作られているか、チェックする部署だ。つまり、まったく〝開発〟というものから遠ざけられた立場になっていた。

「いつまでこの仕事をやれるか・・・」

正直そう思っている。干された窓際族なのだ。たぶん実情を知れば世界が笑うだろう。マスコミですら、このことは知らない。会社は「わが社の創薬の最前線を指揮している」と宣伝しているが、実体は哀れなものだ。俺のイメージはストックホルムでスピーチし、拍手喝さいを受ける日本人サラリーマンだろう。会社に入れば、こんなイメージだ。

朝から晩まで、ラインの品質チェックをする。連続夜勤もありだ。だって、ラインでは、部署によって連続夜勤なのだ。フレックスタイム制のころと比べると、格段にきつかった。

「ありえない・・・」

毎日、自問自答する日々だ。誰に声をかけられることもなく、くすぶっている。主任として化学療法研究チームを率いていたころが懐かしい。開発者として失格の烙印を押されているのだ。時々、会社の「看板」として利用される。対外行事だけ、会社の代表になる。

「おう！相変わらず、暗いねぇ」

俺が顔を上げると知った顔がいた。

「御園・・・」

元同僚の御園高志だ。顔を見たら涙が出てきた。大学の研究室が一緒で、物質応用化学室の同じゼミに属していた。たまたま同じ会社を推薦された。彼は本社勤務で富山に住んでいる。俺の右腕だった優秀な研究員だったが、訴訟担当として法律をやっていた。この一連の扱い見るだけでどれほどの“冷や飯”を食わされているのかわかる。会社による報復人事といえるかもしれない。

彼の持つ書類を見た。

「上杉薬品との特許訴訟か・・・勝てそうか？」

「ああ。午後から弁理士と今後を話す予定だ。まだまだ、かかりそうだ」

多分、訴訟資料だろう。

「法律で頭がいっぱいさ」

「そうだろうな。六法全書は頭に入ったか」

「そんなもんじゃないよ。俺は、開発の話をすればいい」

「忘れていた。エンジニアだったのだな」

「ひどい皮肉だな」

これが俺たちの挨拶だ。

「折れるなよ。俺もあきらめない。リベンジを果たすまでは」

俺もこの話は感情をおさえられない。研究員が法律かよ・・・とほほ。

「君たちが、日本の薬学の先頭に立つ」

そう、教授に言われたものだ。過去の栄光はどこへ行った？

御園は、こんな俺をからかう。自分の方がひどいのに。

「なんだなんだ？世界の化学の権威が、会社の歯車かよ」

「もう慣れた。お前は何しに来たのだよ」

俺は流石に悲壮感が漂う。

「俺？お前と一緒さ。飯、食わねぇか？」

「ああ。午後からのバッチ（生産ＬＯＴ）の分は、待たせとけばいい。そうするか・・・」

「いいのか？班長に言わなくて。あの班長、うるさいだろ？」

「いいよ。言わせておけば。俺がラインのサンプル見なきゃ、工場長に怒られるのは奴だ」

「情けないね。本当に」

俺たちは社員食堂に来た。昼時で混み合っている。俺はラーメンライスに御園はＡ定食だった。本日のメニューは、鳥の南蛮漬けだ。俺は、飾りっ気のない椅子に御園と向き合って座った。

「お前、カロリー高いぞ。炭水化物ばっかり」

「よせよ。俺は医者じゃないぞ。ストレスに負けちまう。エネルギーがいるのだ」

「それが、体の薬を作る者の言うことかね。最近メタボだぞ」

「もう二度と開発に関わることはない。もう、俺は、そんな花形追われたさ」

「賞を出した故ノーベル氏が嘆くぞ。ひどいね、こりゃ。世界の頭脳の損失だ」

俺と御園が飯を食う時、愚痴に花が咲く。

「あ、そこ、荷物置くから作業着どけてよ」

会社のパートだ。どうも混んできたので、場所がないらしい。何の遠慮もない。

「ああ」

言葉少なに作業着をどかした。全く抵抗感がない。別の女性が寄ってきた。制服が違うので、人材派遣の人だろう。

「あんたさ、田中主任しらない？一目見たくて、探しているんだけど・・・」

人材派遣の人だろうか、俺に声をかけてきた。めんどくさい、と思った。なぜなら・・・

「・・・」

「秋津洲製薬といえば世界化学賞の田中先生でしょ。まあ、下のあんたじゃ見たことないよね。ごめん」

と言って行ってしまった。本人を見たことないのだろう。

「呆れた。本人に向かって・・・」

御園も呆れていた。

「作業着着て、説明するのもめんどくさい。名乗るだけみじめだ」

御園は、うんうんと頷いているだけだった。

「その損失は会社には関係ない。あいつらの関心事は、訴訟で勝つ事さ。そういう、お前の方はどうなのだよ。知的財産部」

俺は会話を再開した。

「書類ばっかりさ。だいたい、理系の俺を捕まえて、法律もないものだ」

御園は知的財産部に異動で、特許訴訟ばかり相手にしている。これが研究員なのか、という状況だ。

「だけど、経験者の意見は大事だろう」

「おいおい。過去形かよ。まるで賛同しているみたいだな。“経験者”って、研究はゼロだ」

「お互い『かぐやプロジェクト』の責任取らされて、完全に干されたな」

御園は知的財産部で、全く開発から遠ざかった。むしろ文系の部署だ。俺より研究室が無縁になって、寂しいだろうな。

「俺たちを“頭脳”とおもっちゃいねぇよ。会社は俺たちに、試験管を握らせないつもりだ・・・」

「ペナルティーか・・・」

「やめるように仕向けているのだよ」

これが俺たちの現実だ。リーダーと副リーダーだった俺たちは、会社の損失の責任を問われたのだ。なにしろ、『よその技術を盗んで』会社が損害賠償をこうむった、となっていた。

御園がきょろきょろ周りを見て、小声で言った。

「何も、こんな会社に居る必要ないだろう。今のお前は権威だ。共同開発先のカルフォルニア大の教授なら確実だろ。世間も放っておかない。お前を認めないやつの所にいるものじゃない。こんな会社、辞めろよ」

ひそひそと言った。俺もわかっている。

「俺はお前を見ていて、締め付けられる思いだ」

御園はいいやつだ。ジーンとくる。泣けてきた。

「ああ。気持ちはありがたい。だが、〝落とし前〟をつけなきゃ気が済まん！勝った俺が、なんで負け犬のように、会社を去らんといかんのだ！」

会社を、のあたりから語気が強くなった。いつの間にか、椅子をはねのけ立ち上がっていた。周りはみんな手を止め、こちらを見ている。

俺は周りを見た。黙って腰を下ろし、手を動かした。それにつれ、皆も食事を再開した。

「気持ちは変わらんか・・・」

御園もそれ以上の説得をあきらめた。俺はひと時も、この悔しさを忘れられない。

「だが、損害賠償の訴訟はひっくり返す」

俺の持つ箸が手の中でゆがむ。

「折れるぞ・・・」

「ああ。あの件はどうなった」

俺は御園と秘密の話をしていた。

「あれから、いろいろわかった。知的財産部というのは、こういったことを調べるのに、情報が集まる」

「ソナフィー社とテムジン社の関係・・・だ」

「今、日本法人テムジン・ジャパンについて調べている」

御園は資料を俺に見せた。俺はそれをめくりながら
「俺たちをハメたやつらの仮面を、はがしてくれ！」

俺は泣きそうになるのを、こらえた。

「ああ。気持ちはよくわかる」

御園は唯一、俺の事をわかってくれる存在だ。冤

罪で、しこたま冷や飯を食わされている。

「お前の方が悔しいだろう」

御園は同志だ。御園の方が無念なはずだ。華やかな部署から閑職、しかも専門外だ。だが、その部署故に、極秘裏に調べることができているのだ。

「もうすこしだ・・・」

御園が言う。

「ああ。俺たちの無念を晴らしてくれ」

俺の目には涙がたまっている。御園は時計を見た。

「ああ。もう、こんな時間か。昼一から、弁理士の先生と今後の訴訟の打ち合わせがあるのだ。俺は行くぞ」

御園は立ち上がってトレーをもって、向こうに行ってしまった。

「俺がやれるなら調べたい。だが、今の俺には無理だ」

世界化学賞を取ったばかりなのに、会社では閑職で、世界中の権威、大統領に会えるが、会社の部長に会えない立場だ。

「俺をこんな目に合わせたテムジンのレオポールめ、尻尾をつかんでやる」

憎悪のにじんだ怒りがこみあげてくる。

「俺も帰らなきゃ。待たされたやつが、文句を言いやがるからな!」

すぐに戻らないと班長に怒られる。くそっ!前は顎で使ってたのに。

俺は、ラーメンをがっついて席を立って、走って戻った。


御園にあって思い出していた。サンプルの品質チェックをしながら、頭は過去に飛んでいた。

あの日を思い出す。一年前のあの日。俺は、それまで会社のエースだった。

研究中に呼び出された。

一本の電話がかかってきた。部長からだった。

「すぐに技術担当重役の所に行きたまえ」

俺は何事かと思った。

「何が起きたんです?だいたい、私に火急のことなど・・・」

俺は研究員だ。急な話があるはずがない。

「何を呑気に構えている!ソナフィー社が、わが社を訴えたのだ」

俺は理解ができなかった。

「ちょっとよくわかりません。私たちは開発であって生技(生産技術部)ではないですけど。なぜ我々が話を・・・」

製造者責任賠償なら品保だし、特許訴訟なら基礎技術の俺たちでなく、応用化学の生技だと理解していた。

なぜ、おれたちが、というのはそういうことだった。

「わが社の『かぐやプロジェクト』の技術が、問題なのだ」

「わが社の技術は自前のものです。我々の技術を盗まれる恐れがあっても、訴えられる根拠など、あり得ません」

「それが、起きたのだ!とにかく、技術担当重役の所に行け」

俺は胸にどす黒い不安を覚えた。すぐに開発担当重役の所に向かった。

「田中君。我々『かぐやプロジェクト』が、ソナフィー社に先を越された。知っているかね」

開口一番、重役はこういった。

「ええ。情報は入っています。でも、どうして、こうなったのか・・・」

俺は状況をはかりかねた。

「何を呑気な。今また、特許侵害で訴えられた。賠償金はいくらと思うか」

俺は測りかねた。

「二十億ですか・・・」

そのあたりが相場だろう。

「あたりだ」

重役は言った。俺はちょっと安堵した。二十億円なら、まだ安い方だ。これ以上の損害は俺の立場がない。

「二十億円なら、訴訟のレベルとしては・・・」

と自己弁護を始めようとした時だ。

「やれやれ。二十億といっても二十億ユーロだ」

俺に衝撃が走った。つまりレート換算で二千億円以上となる
「そんな無茶な！」

思わず言ってしまった。

「呑気だな。相手は、君が特許侵害をしていると主張しているのだ。疑うわけではないが、そういう事実はないのだな」

重役は重ねて俺にたずねた。

「むしろ、奴らが盗んだんです!当社の開発のノウハウは、全て残っているじゃないですか！」

根も葉もない、でっち上げだ。

「知的財産については、白黒決めずらい。もし、内部資料を出したら出したで、盗まれて傷口を広げてしまう。知っての通り、この抗がん剤は、世界の製薬勢力地図を塗り替えるほどの、画期的な発明だ。俺は出世を、これにかけてきたんだ。信

じた俺が馬鹿だった」

重役からそんなことを言われた。

「待ってください!俺は、いえ私は、そんな不正な手など・・・」

完全に論点がずれている。それでは、俺に疑いがあるのではないか!

「なぜ、同じものが存在するのか。わが社の技術を盗んだか、その逆しかない。もし後者なら、君は会社を裏切った。背任で懲戒・・・」

と言いかけた。

「待ってください!それでは、私が納得できません!第一、奴らの主張が正しいという根拠は何ですか」

「見苦しい」

「いえダメです。社運を賭けた事業だけに認められません。私が今まで語った開発の苦労まで、嘘といいますか?」

「いや。それは・・・」

重役も、この新薬開発の現場の苦労を知っている。

「だが、行き詰っての話ともいえる」

重役に疑われている。

「それに、日本は基礎技術では、海外に溝をあけられている。それ故に、今度の特許競争に勝てるという君の主張に、とても期待していたのだ。こんなからくりとは・・・」

俺はカルフォルニア大と共同開発の結果で、一切技術盗用をしていないのは明白だ。それはカルフォルニア大に確かめれば、わかることだ。敵の一手でこうも覆るとは。火のないところになんとやら。言ったもの勝ちとは、盗人猛々しいとは、よく言ったものだ。これが現代の特許訴訟の実態だ。信

「俺に、特許訴訟を任せてください。勝ちます」

俺はいい切った。これが、どれほどの難物なのか承知の上だ。

「奴らが、パクったことを証明します。それでは戻ります」

そう言って重役室を後にした。俺は挫折どころか、背任とまで言われたのだ。この因縁は化学賞受賞で薄まったが、消えることはなかった。訴訟担当も、疑われて果たすことはなかった。その代わり、その役目を御園が負ったのだ。彼は、後に知的財産部に異動となった。

一月も立つと社内での俺の立場は一気に崩壊してきた。係争中とはいえ、会社に二千億円の損害を与えるかもしれないのだ。「かぐやプロジェクト」は凍結となった。工場跡地など、資産売却の話が噂で聞こえてくる。

俺は技術盗用の濡れ絹をかけられ、無実の証明は出来なかった。そもそも、技術盗用など、どうやって証明するのか、そんなこと、はっきり白黒つけることはできないのだ。それは開発時の研究データが、高度に専門的であり、コアな技術を訴訟の為に開示することはできない。それこそ〝盗まれる〟可能性が高いからだ。

俺がデスクに腰を掛けると、御園が話しかけてきた。

「よお。俺たちのプロジェクトチーム、とうとう解散になっちまったよ」

別段、驚きはしない。プロジェクトとは『かぐやプロジェクト』のことだ。幾度となく、ライバル会社に敗北を重ねてきた。俺がそのチームリーダーを罷免され、窓際勤務に追い詰められた因縁は、そこにあった。

「ふーん・・・」

俺は生返事しかできなかった。

「今朝、辞令が出たよ。知的財産部に異動だ」

「なに？開発の研究者を訴訟に使うのか！」

あまりにひどい話だ。これでは、研究者ではなくなってしまう。

「お前はどうなった」

俺も、いいことが言えない。

「俺は品保でラインのサンプルチェックだ。やめろと言わんばかりだ」

俺たちは絶句した。ペナルティーにしても、ひどすぎる。

「俺たちは研究者をクビだ」

御園が言った。

「技術盗用はこの世界、一番のタブーだ。永久追放ものだ。日本では。上はクロと見たのだろう」

「俺たちが培った有機白金サレン錯体での抗がん剤は、人類の夢だ。癌からの解放となる。先頭を走っていた俺たちが、パクる理由などどこにもない。完璧に副作用を封じ込めることができるのは、俺たちだけなのだ！」

「まあ、そうだが、今となっては」

「究極の抗がん剤だ！他にできる奴はいるのか？ソナフィー社でも無理だ！」

そうなのだ。

「日本が特許で先に行くなんて、なかなかできない。俺たちはそれを成し得た。それが最後の詰めで出し抜かれ・・・」

俺たちが開発したのだ。そんな、まがい物半端なものに違いない。同じ理論上のものなど他にも多くある。だが、俺たちのはほぼ癌細胞を特定し攻撃する誘導能力があるのだ。

「それが、その・・・」

御園の顔が曇った。

「俺たちの薬そのものなんだ」

俺の体に衝撃が走った。

「どちらかがオリジナルで、どちらかがコピーとなる」

「やつらができるわけがないのだ」

俺は激昂した。そして、固まった。はっきり見えたのだ。

「まさか・・・データ漏えいか・・・」

俺たちは盗んだ覚えはない。つまり、ソナフィー社が盗んだことになる。

「そうすると、会社の研究データベースに入り込んだことになるぞ」

「ああ。ただの技術盗用ではない。つまり、証明は難しい」

「何らかによる技術盗用なら開発途中のデータで証明できる。しかし、やつらは全く同じものを持っているんだ」

「ハッキングの証明？無茶だ」

俺はこの訴訟の困難さを思った。だから、会社は俺たちに閑職を与えたのだ。これは、腹をくくるしかない。臭いものにフタどころではない、外へ片づける。

俺は腹にたまったものをぶちまけた。

「隣にはそんな”ルール”など無用の成果主義の大国がある。奴らは、それに”便乗”さ。ソナフィー社と共同出願の会社見ただろ」

「ああ。テムジン社だ」

「大漢のドイツ企業だ。業界では、相当悪いうわさがある」

「まともな会社じゃないって話だ」

俺たちの中では常識だった。

「それがBチームとつながっていたらしい」

俺は知っていることを御園に言った。

「Bチームといえば、民間療法の切り口だってな。バカなことを・・・それでは食ってくれ、と言わんばかりだ」

「俺たちは裏口から入られたのだよ」

「だが、それこそ、上は認めたがらない」

「そうさ。いつも、内側に責任を取らせる。どれだけ痛い目に合えば学ぶのか・・・」

「言ってもむださ」

日本企業はルールを守るのを是とする。そのルールを逆手にとるのが大漢だ。ルールを盾にされ、損害に泣き寝入りをする。詰め腹は担当者の腹を切る。いい加減、「そういう相手」であると学ばないと、優秀な人材を失うだろう。

「おまえどうする?」

聞いてもしょうがないが、ここまで、ひどいことになったんだ。残るか、辞めるかだ。

「俺?俺かあ・・・」

御園は、どうでもいい顔をしていた。

「俺は続けるよ。負けたことを受け入れたくない」

俺もそう思う。

「何も盗られた俺たちが、泣くことはないのだ。

証明してやろうぜ」

「どうやって?」

御園は投げやりだ。

「そもそも、お前の配属先だ」

「よせやい。もう研究者じゃないのだぞ」

俺はぐっと御園に寄った。

「お前の部署は知的財産部で、世界中の特許情報が集まる部署だ。俺の方は、開発とは無縁だが、性能が低いが分析器がある。何かわかっても対処はできる。この場合、情報漏えいの証明ができればいいのだ」

御園もわかったようだ。

「閑職に回されたが故に、大きな仕事は任されない。この事実究明をするのだ。ハッキングの尻尾をつかむのだ」

「けれど、とっかかりがない。仮に発売していたら、発売が早い方がオリジナルとわかるが、製品化前の話だ」

御園は及び腰だ。

「俺たちの未来、俺たちの名誉、俺たちの成果、全てを台無しにしたのだぞ!お前はいいのか!」

俺はぐっと御園の肩をつかんだ
「コーイチ・・・」

顔を上げた俺の顔は涙にくちゃくちゃになっていた。鼻水も追構えなしになっていた。

「俺のすべてだったのだ。頼む。たのむよ・・・」

俺はそのまま膝から崩れた。

「わかった。会社に黙って調べてみる」

「そうか」

俺は希望を見た気がした。

「だが、断っておくが、俺はシロウトだぞ」

そういうと少し笑えた。なぜだかわからない。

「いい。それでいい」

結局、2人とも会社に残った。半年後、その夢の抗がん剤の件で世界化学賞にノミネートされた。

新しい抗がん剤の可能性となる基礎研究が認められた。寝耳に水だった。何しろ、同じ抗癌剤成分で、訴訟沙汰になっているのだ。これは、共同研究していたアメリカのカルフォルニア大学のデータで実証されていた。ここまでは、やつらも盗めなかったのである。巨大プロジェクトには、リスクヘッジと役割分担など、今や共同開発が常識だ。それに救われた。外部に多くのデータがあったため、開発を再現できるのだ。これに対しては、ソナフィー社に、あるわけがない。突如として、魔法のように出現したことになっていた。明らかに、世界では秋津洲の方が立証されていた。だから、世界化学賞受賞になったのだ。世界では〝シロ〟判定だ。パクリ疑惑は陰性と言うべきか。

だが、これでも俺たちは赦免されなかった。会社の損害に有罪となっていた。多少俺たちが証明されたが、「訴訟を起こされた」罪で有罪なのだ。どこまでケチがつける気か。どうしても責任を取らせたいらしい。

どちらにしても、世界化学賞で、俺たちのオリジナルは証明されているが、会社では冷や飯の日々が続くのであった。


現実にもどる。

国外退去してからの俺は抜け殻だった。パリは夢のような出来事だった。パリでは権威の大学で講義、帰れば夜勤。あり得ない落差だ。

ただいえることは、一連のことが、世界を舞台とした大きな国際的な駆け引きであり、国家という巨大組織同士の争いであることが分かったのだ。ナポレオンの秘薬、と言うものがなぜ、現代の国家の争いになるのか、わからなかった。偶然にも、この俺がそれに巻き込まれているのだけは確かだ。

俺の家は東京近郊の、狭い一戸建てにある。務める工場は川崎にあった。

戸を開けると、いつもの家庭風景が俺を出迎える。大学院の妹も間借りしているので、2人暮らしだ。

フランス語が聞こえる。女子大生の砕けたフランス語だ。

「Allo, c、est Saori, comment vas-tu? Tu as decouvert un chéri, vrai? Il est beau? Super! Ah bien sûr, très bien!

（もしもし、サオリだけど、元気?カレシ見つけたって?イケメン?すごっ!そりゃもちろん、オーケーよ!）

ええそうなの。ムッシュがね。国に帰ったんだ。好きなら告白したら?」

（国際電話か。彼氏の話だ）

「おい!」

いっこうに気付かないようだ。全く気付いていない。

「おい!帰ったぞ!」

そういうと妹は
「ああ。にーちゃんが帰ってきた。ごめん。こっちから、かけなおすわ」

そういうとスマホを切った。

「あー、にーちゃん。帰ってたの?」

彼女は大学院生で、俺の海外出張時にはいつも、留守を預かっている。

「誰なのだ？ 男か？」

妹はむっとした。

「残念でした。女よ。フェイスブックで知り合ったの」

（フランス語だったな。沙織もフランス語学科だし、ありえないことはないが）

妹は、おれが割り込んできたのが気に喰わない。

「どうでもいいけど、あたしは大学院よ。にーちゃんに、とやかく言われる筋合いはないわ」

よほど腹が据えたようだ。

「恋愛の話だろ？ 変な虫がついたら、まずいだろ。俺はお前のことを、見なきゃならん立場だ」

「いつから親になったの？」

「富山を出た時からだ」

「今度は、どこを出歩いていたの？」

俺は仕事をしてきた。だからといって、それを口に出して、

「出歩いていたんじゃない。講演も俺の仕事だ」

などというと、

「強がっちゃって。本当は夜勤だったのでしょ。ふーん。私、そーいうの興味ないから」

俺はちょっとショックだった。くそ。言い返せん。

妹はそういって、すぐに自室へ引っ込んでしまう。

彼女は文学部のド文系だ。数学や科学には目もくれない。

「夕食は、作り置きを置いておいたわ、それぐらいガマンして食べなさい」

兄の俺に向かって、つっけんどんな口をきく妹には、いつも閉口する。

職場では冷遇されるわ、家に帰っても不愛想に、あしらわれるのではたまったものではない。

ソファーにどっと倒れ込み、ネクタイをぐっと緩めた。ぼーっと天井を見た。何も変化のない天井だが、見続けた。

俺は、かぐやプロジェクトのことを思い出した。化学賞は免罪符にはならなかった。

「俺のすべてだった。なぜ、あんなことになってしまったのか」

それだけに失敗は悔しかった。

「かぐやプロジェクト」の前身はかぐや計画だった。かぐや姫が結婚の条件として、秘薬の材料を集めさせるところをかけて名付けた。見たこともない抗癌剤を作るということで、当時は夢の新薬だった。かぐやである理由はもう一つあった。主成分「白金サレン錯体化合物」は金属性だ。これは「蓬莱の珠の枝」にかけたものだ。つまり希少な金属の珠という意味だ。

白金Pt―単体でも貴金属として価値のあるレアメタルだ。シスプラチン（CDDP）やカルボプラチン（CBDCA）などが知られ、抗腫瘍効果がある。副作用の腎毒性は改善が進められている。

白金製剤は「金属有機化学」の薬品に類しており、いわば現代の「錬金術」なのだ。俺にとって、化学者―Chemistと錬金術師―Alchemistは文字通り紙一重といえる。

「かぐや計画、プロジェクトコード『蓬莱の玉の枝』なる抗がん剤開発プランだ」

俺は化学をやっていて、いつも思うことがある。超越した技術は時にして、神秘性を持つことがある。

かぐや姫、庫持の皇子には、
東の海に蓬莱といふ山あるなり、それに白銀を根とし、黄金を茎とし、白き珠を実として立てる木あり。それ一枝折りて賜はらむ

これはかぐや姫の一文だが、現代化学と、かぐや伝説が、時を超え同じ境遇に達したのだった。究極の技術の具現は、神の領域と思えるほどに、神秘性と芸術性を持つ。神の領域と言うが如し。

西洋でサンジェルマン伯爵が神秘だというなら、日本のかぐやの神秘もなかなかなものだ。当時を思い出す。

—1年前　秋津洲製薬

俺は別人のように輝いていた。
かぐやプロジェクトのプロジェクトリーダーを任されていたのだ。創薬化学研究所・化学療法A研究チーム、それが俺の城だった。

分析室にこもることは少なく、むしろ、だだっ広いプロジェクトルームのデスクに、文字通りふんぞり返っていた。

「おい、このクロスカップリング反応・・・失敗だな。シンテサイズにミスがある」

俺は部下の提出した実験レポートを読んで、ダメ出しを喰らわせる。「確かにベータ・ハイドロゲン原子の結合が不完全でした。しかし・・・」

高性能専門ソフトを使って、俺は化学構造式を製図していた。

その完成図と、レポートに添付されていた構造式を比較して、改善策を検討する。

「おいおい、この実験一つにいくら、かかっていると思っている?今度は完璧にやれ!」

今、思えば、よくもここまで、えばれたものだと思う。

―だが、俺の日々は儚かった。

そもそも、情報漏えいとなったのは、ドイツの中国系製薬会社テムジンが秋津洲製薬に入ってきたからだが、そのきっかけは国際トラブルだった。新薬の切り口として、民間療法というのがあるが、それで中の話だ。担当は、創薬化学研究所・免疫療法B研究チーム、つまりお隣さんだ。

旧フランス植民地であった北アフリカの某国に自生する植物組織を研究に用いたのだが、その使用権を巡り秋津洲製薬と現地民との間で交渉が難航した。

「・・・該当地域に自生する、これら希少種の植物については、我々の許可を得ずに採取してはならない！」

現地民の代表はそう主張したが会社の担当者は反論した。

「我々の契約が先だ」

秋津洲は既に結ばれた交渉を盾にした。しかし、現地民からすれば、高い契約の方に魅力がある。当時ソナフィー社とも交渉していた。これもまた製薬の現実だ。膨大な利益のための、しのぎ合いをしていた。

「フランスが我々の契約を奪おうとしている」

採取権をめぐって紛争になっていたのだ。

「どうしても、この案件を取るのだ」

会社は鼻息を荒くしていた。

この手のトラブルは珍しくない。

そこで、当時テムジンのレオポールというフランス人が、仲裁にはいったのだ。部門が違う俺は、彼に会うことがなかった。国際紛争に示談として第三者を入れることにしたのだ。

「私たちの会社は、こうした権利トラブルを解決してきた、実績があります。しかし、それには、より詳細な技術的なデータが必要です」

彼は、会社の担当者を通じてデータを受け取ることになった。

だが、これが大きな問題を引き起こした。

データは会社で用意したのだが、レオポールは不足といって、データ共有を求めてきた。有利に展開させるというのに、まんまと乗ってしまった。担当者は軽い気持ちで、それに応じてしまった。そこから、悪夢が始まる。

データの共有を足掛かりに、別のプロジェクトである「かぐやプロジェクト」に押し入ってきたのだ。テムジン社の本当の姿は、スパイ企業だったのだ。ストローで刺した反対から吸われたようなものだ。かぐやプロジェクトを根こそぎ持っていかれた。

ところが、フランスに籍を置く世界最大シェアの製薬会社ソナフィー社が現地に圧力を加え、その情報入手に成功したのだ。

その後、テムジンは「抗癌剤」でフランスとの共同開発をして、秋津洲製薬より早く特許を出願した。競争に敗れ、サンジェルマンとかぐや、ふたつの競合プロジェクトのうち「かぐや」は挫折し、サンジェルマンは新薬特許申請にこぎつけた。かくして白金抗がん剤に関わる新薬開発競争は、フランスの勝利に終わった。

そのため、かぐやプロジェクトの責任者であった俺は、詰め腹を切らされた。結果として出世街道から完全に脱落し、俺の後釜には後輩社員が当てられることとなった。

この資料には続きがあった。競合していたライバル・ソナフィー社がサンジェルマン・プロジェクトで開発した新薬の特許明細書である。

その一文を見た瞬間、俺は愕然とした。

「・・・信じられん。主作用、副作用、製法がすべて同じだ！」

俺は資料に同封されていた新薬と、かぐやプロジェクトの試作薬品のレポートを徹底的に比較したのだが、すべて一致した。なぜだ？これが偶然の一致にしても、できすぎている！Bチームがテムジン社とつながっていることを知らなかった為、俺は情報漏えいが起きているとは、全く気付かなかった。

そして悪夢が待っていた。ソナフィー社が、秋津洲製薬を特許侵害で特許裁判所に訴えたのだ。俺は悪夢に襲われた。秋津洲製薬がパクったとされているのだ。すべてはテムジンの仕業であり、巧妙に仕組まれた事だったのだ。俺はその全貌を最後までわからず苦悩した。まして、俺ですらわからないことを、周りのものが理解できるわけがない。

現実に戻った。

春になって桜が咲いている。珍しい来訪者の姿があった。

「兄さん？御園さんがこっちに・・・」

部屋のドア越しに妹が俺を呼んでいる。御園は知的財産部だ。本社勤務で富山に居た。パリから帰ってきたのだ。

俺が玄関に向かうと、そこに御園はいた。

「おう、元気しとったか？」

俺は久しぶりに日本の温かさに触れた気がする。

「俺も帰ってきたので、仕事帰りのついでに来たのだ」

俺が奥に招こうとすると、彼は首を振った。

「ここより外に行こうか」

御園は俺の肩をさすって、外出を進めた。

都内の居酒屋へ向かう。いつもの駅前の店だ。

俺たちは居酒屋の暖簾をくぐって、『ママの店』に入る。ここは常連だ。よく愚痴をこぼしにくる。今夜は“戦友”と来ている。

「いらっしゃい！先生、めずらしい。お友達ですか」

ここのママが顔を出す。

「こいつは、大学のころから一緒で、研究員だったころの仲間さ。まずは生中2つ、あてと一緒に持ってきてくれ。ここにいらっしゃるのは、化学賞を取った時の同僚だ」

俺は最高の称賛のことばで戦友を紹介した。

「先生の同僚の方なの」

「ああ。こいつのお陰で受賞できた」

俺は感謝を表した。

「まあ、そうかな」

めずらしくおどけている。

「まずは、再会を祝し、乾杯」

俺たちはジョッキを交わす。小気味いい音が出た。

「鳥串は、かしわともも、煮魚はキンメ（金目鯛）でいこうか」

カウンターで二人並ぶ。

パリ出張の時は、よくフランス語で「ア・ヴォトルサンテ（乾杯）」をやらされたものだ。

お互いの日ごろの愚痴で盛り上がる。

「ねえ、お友達の名前を教えてよ」

ママが聞いてきたので、

「御園だ。知的財産部にいる」

「御園さん。ねえ、聞いて。先生、変な事ばかり言うのよ。冷や飯喰っているのだの、辞めたいだの・・・」

外から見ればそうだろう。あの華やかなストックホルムのセレモニー見て、会社で干されているとは理解できない。

御園は俺の顔を見た。言っていいのか?と言っている。

俺は頷いた。

「サラリーマンですよ。俺たち。いろいろあるのです」

御園は紳士的だった。愚痴で返さない。

「まあ、会社では、想像できない状況もあるのですよ」

「そうなの?他の教授なんて、偉そうにしているわ。それに引き換え愚痴ばっか。それに、この人の友達なんてあなたが初めてよ。どうなっているの」

確かにそうだろうな。


「ママ、慰めてやってくれよ。こいつ、結構ひどい目に遭っているから」

久しぶりに優しくしてもらった気がした。

「なあ、コーイチ。お前は本来、人様に尊敬されるべき人間だ。だが会社での待遇は、実にひどい」

御園は一気飲みの達人で、生中をすぐ飲み干す。

「かくいう俺は凡庸だ。だが、お前の取った賞の凄さは、一瞬でわかった」

俺はくすぐったい気持ちになる。

「別に、俺は・・・」

「謙遜するなって?たまには、ウンザリするほど褒められとけ」

確かに、会社での俺は立場が低いというより、『ない』に等しい。むしろマイナスか。

「そもそも、お前が本社で歓迎されないのは、他人にはめられたせいだ。お前ほどの男が、パクリなぞするわけがない！」

「ありがとうな。おまえだけが俺の気持ちを分かってくれる」

ママがカウンター越しに俺たちの前へ立った。

「お二人さん、今日は燻製のおつまみが入っていますわ」

「おう、それもらおう。あと、ジョッキをおかわりだ！」

御園はいつになく元気だ。それに引き換え、俺は相変わらず陽気な気持ちにならない。

「ああ、俺はおかわりしないよ」

俺がジョッキを手元に引き寄せる。

「遠慮するなって、今日はおごってやるから。心行くまで飲めって！」

「パリはどうだった」

酔った拍子にぐっと肩を載せてくる。

「ああ。向こうじゃ権威さ。俺は一目置かれていた」

「本来の姿なのにな。なんか、あの後、すごい事件に巻き込まれたって？」

パリ大学で別れた後のことだ。

「ああ。マフィアだの軍隊だの、国際事件に巻き込まれたのだ」

「ほう。それはまた。その歳だと大変だろう」

「その歳、は余計だよ。それより・・・」

どうやら、御園は、会社で俺が襲撃されたことを、聞きつけたらしい。

「奴を追っていた。レオポールだ」

「レオポール！あのテムジン社のエンジニアか」

「そうだ。どうも国際的な陰謀があるらしい。さまざまな国が、この一件に絡んできた」

「なるほど。ただの情報漏えいではない、ということか」

この状況こそが、会社が思っているほど、小さな企みではないことを証明していた。

「そうだ。俺たちが追っている中に、ナポレオン7世というのがいた。これが何者かわからない」

「名前からすると、ナポレオンの子孫か。なんでまた」

「わからないのだ。ただ、“ナポレオンの不死薬”に絡んでいるらしい」

「確かに、お前が作った抗癌剤も、不死薬と言えなくもないが」

「つながりはわからないが、レオポールを追う者が、何人かいるようだ」

久しぶりにあったが、やはり、俺たちをハメた人物の話になった。

「レオポールって、一介のエンジニアなんだろう？そんな奴にヨーロッパの大国がか？信じられない」

「俺も信じられない。でも、実際殺人まで起きている」

パリの事件のことだ。

「サンジェルマン伯爵の伝説知っているか？」

話題を変えた。

「いや、聞いたことがない」

「フランスでは超のつく伝説の人物だ。二千歳の化け物といわれている超人伝説さ」

「へー。それが？」

どうも、酒が入ると話に的を得にくい。だが、言いたいことを言うだけさ。

「彼はナポレオンに、不死薬の製薬を命令されていたらしい。それと絡んでいたのだ。今は、それしかわからないが、その不死薬をめぐって、フランスやドイツ政府が動いているのだ」

「本当かよ。お前はなんで巻き込まれたのだ」

「全然わからん。でも、そのナポレオン7世は『かぐやプロジェクト』とレオポールのことを知っていたのだ」

「何らかの関係があると・・・」

「いや、それはわからんが、ナポレオンの秘薬と接点があるようなのだ」

流石に信じがたい。

「やめてくれよ。俺たちの薬がなんで、ナポレオンの秘薬と。勘違いじゃないのか?」

御園は流石に信じない。合理的ではないのだ。流石に頭脳同士、非合理的なことも理解できるようだ。

「なるほど。動きがあるということは、お前の動きは、何らかの的を得ているようだ。だからリアクションがあった。巨大な何かが動いている」

御園は考え込む。

「ところで、お前の方の収穫はあるか」

「ああ・・・そのことだが・・・」

御園の顔に不安な表情が出た。

「俺は、テムジン社が、ソナフィー社に情報を持ち込んだ可能性をつかんだのだ」

「やっぱり、俺たちの薬を」

「ああ。ただ、どうやってやったかもわからないし、証拠もない。ただ、とっかかりをつかんだ」

「それは？」

「テムジン・グループには日本法人にテムジン・ジャパンという法人があるのだが、どうやら、そこに鍵があるらしい」

「本当か」

「グループの本部は鉄木真（テムジン）公司という大漢人民共和国の会社なのだが、これが、日本法人を使って、データを盗み出したらしい。それを裏のルートで取引先を探していたのだ。この紙が業界の闇ルートで出回っていたものだ」

といって、一枚の書類を出した。技術内容と予想価値が書かれた後に、希望価格がかかれている。しかも、巨額だ。

「いうなら、不法な手段で手に入れた情報を、横流しして稼ぐのだ。もともと、この鉄木真公司は、医療、製薬など全く関係ない企業だ」

「なんだって？」

あまりのことだ。少なくともドイツに製薬メーカーがあるのだ。理解ができない。

「あるのは運輸、航空、宇宙などの最先端企業体をまとめる企業団のトップってとこだろう。むしろ、情報のやり取りをして、そこで稼いでいる」

「日本じゃあり得ないな。ＨＤ（ホールディングス）ってのはあるが」

「いや、持ち株会社か。ちょっと違うな。情報を売りさばく為の会社だ」

何か事件の奥底が見えた気がした。

「技術転売・・・」

「そうだ」

「つまり、俺たちはダシにされたというのか」

「ああそうだ。その正当性を主張するのと、賠償金をせしめる為に、さらに相手を訴えるのだ」

なるほど。これでは相手は骨の髄までしゃぶられる。

「特許訴訟は判決までに時間がかかる。その時間で次のカモを落としていくのさ」

俺は腹が煮えくり返った。ハゲタカどもが！

「一つ、気になる情報もある・・・」

と御園は真剣な顔になった。

「そういうことに詳しい弁理士によると、その鉄木真公司は私企業じゃないらしい・・・」

「いったいどういうことだ」

俺は理解ができなかった。会社だろ。

「鉄木真公司は中国マフィアが運営しているという噂がある」

訊かれて困る場所ではないのに、声が小さくなった。

「まさか、技術転売をマフィアがやっているのか」

「ああ。そういうことになる。ハッキングは金になるのだ。それに大漢人民軍も、かかわっているうわさがある」

確かに技術は情報だ。この話がこんなからくりとは。想像外の展開に俺の頭は動転した。

「確かにステルス機や、最新衛星技術を盗んでいる噂は聞くが・・・」

「そういうことだ。情報が、それだけの価値があるとしたら、どうなる」

「そりゃ、あれだ・・・」

もう、この話の核心が見えたようだ。

「正直、俺たちは、ここで身を引くべきかもしれない」

御園は真顔で言った。

「テムジン・ジャパンはマフィアという噂があるのだ」

俺の緊張はピークに達し、生唾が出てきた。

「だから、手を引けと・・・」

「ああ。命取りになる」

俺は宣告を受けた気がした。そんな、そんなことを許していいのか！

ドイツ空軍を思い出した。確かに、それならうなずける。すべてが明るみに出れば、天文学的な賠償請求の応酬と、国家の名誉が地に落ちる。そんなことを暴き出すやつを消すのは目に見えている。そういうことだったのか。

「そんな、こと！俺は認めん！」

「バカ！これ以上深入りすれば、どうなるか！」

「だが、マフィアに取られて泣き寝入りなど、俺はしたくない」

俺の真剣な顔を見て御園はため息をついた。

「わかったよ。訴訟に勝つだけの材料を探すまでだぞ」

「ああ。すまない。あの薬は俺にとって、いや、お前にとっても子供みたいなものだろう」

「そうだな。わかった。ひとまず、俺は、弁理士とそのテムジン・ジャパンに交渉しに行くから・・・」

そう言って、席を立った。

「ああ、そうだ。明日、俺の泊まっているホテルに訪ねて来い。その弁理士から得た、とびきりの情報を見せてやる」

俺もへべれけだ。ふらふらに泥酔している。

「ママ、お勘定」

ママは近づくと、潰れた俺を横にさせた。

「ほんと、この人、見てると気の毒よ。飲めないのにお酒ばかり飲んで。何があったの?」

「それは・・・」

御園は答えられなかった。

「そのうち明るくなりますよ。きっと・・・」

それしか言えなかった。

「こいつのこと、頼みます」

そう言って御園は俺の前から去った。

その次の日、御園と会うためにホテルに向かっていた。

俺は電車の中だった。

すると、2人連れ大学生が、こっちを見て何か騒いでいる。

「……」

なんか変か?別にスーツだし、変な恰好と思わないが。

そう思っているとこっちに来た。

「あのー。田中先生ですか?」

(は?田中先生とは誰だ?)

周りを見回した。他に誰もいない。いきなり知らない人に何か言われるのは、不気味だ。そんなに有名になった覚えがない。

「ええ。田中ですが」

「そうですか。秋津洲製薬の田中先生だ!本物だよ」

何のことだ。俺を知っているのか。何者だ、こいつら。

「俺たち、大学で薬学専攻なんです。僕らも先生のように、世界化学賞取りたいです」

あ、忘れてた、それ。

「サインを・・・紙がないや。えーっと。そうだ」

といって学生はスマホを差し出した。

「このスマホケースに書いてください！」

といって油性ペンとスマホを出した。

（いいのかよ・・・）

ためらいながらサインした。

「感動です。俺たち、頑張って先生のようになります！」

目を輝かせて俺を見てくる。

ごめん。

「いや、俺のようにならない方がいいぞ」

「？？？？？」

普段の俺、知らないから。知ると大変だ。あまりの迷言に、彼らの目が点になっている。

「いいや。なってくれ！頑張ってくれ！」

彼らには関係ないことだ。夢を壊してはいけない。

「じゃ！学生諸君！」

少々ぎこちない。俺は教授気取りで電車を降りた。

「はい・・・頑張ります・・・」

学生たちは、なんとなく理解不能の顔をしていた。

そう言えば、世間ではスターだったのだ。会社じゃ、みじめなので、すっかり感覚がない。サラリーマンは、大学の教授のように格好良くならない。

御園はそのころ、テムジン・ジャパンの接客室にいた。

「それではレオポール技師、来週はローマなのですね」

「ええ。調べたいことがありまして・・・」

レオポールは流暢な日本語を話していた。

「月の国の秘密を解きに、図書館まで行ってきます」

そうレオポールが言う。御園は全く分かりかねた。何のおとぎ話だ？化学には全くなじめない。とにかく、ここは引き下がるか・・・

「わかりました。次回は、その後、ということでお願いします」

後ろ姿で、おまけに観葉植物で顔は見えない。指には大きな指環をつけている。

「では、私は失礼します・・・」

そういうと御園は立ち上がった。

「お待ちください・・・」

レオポールが止める。言葉には鋭い響きがあった。びくっと御園の背筋に冷たいものが走った。

「なんです？」

御園は脂汗をかいていた。

（まさか、何か感づいたのではないか・・・）

「うちの社の周りで、嗅ぎまわる人物がいるそうです」

「それがなにか・・・？」

「なんでも、秋津洲製薬の技術者という話で・・・」

「いや、私は部署が違います」

一触即発の雰囲気だ。

「あなたは『かぐやプロジェクト』のサブリーダーだったのですよね・・・」

御園の目の前が暗くなった。

俺は、彼の泊まっている新宿のカプセルホテルのフロントに来た。

「ここに御園高志という者が、泊まっているはずだが・・・」

するとフロントは奥に引っ込んだ。

「お客様なら、すでにチェックアウトされました」

「そうですか」

俺は仕方ないので去ることにした。

「お客さん。そういえば、その御園様より、お預かり物があります」

といって封筒を渡してくれた。

「……」

俺は、そのカプセルホテルを去って、駅のベンチに座った。ここならだれも見ていない。俺は中を見た。

“これは!”

中を見ると通信記録だ。

「これは秋津洲の研究員の個人アドレスだ。全員の分がある。それに、これは・・・なんだ、この通信内容。これは俺のデータじゃないか」

俺のデータの自動送信先はテムジン・ジャパンになっていた。

しばらく呆然とした。

すると俺の携帯に電話がかかってきた。放心状態で出た。

「もしもし・・・」

すると、大きな叫び声とかが聞こえてきた。どうやら、ケンカでもしているようだ。

「なんだ、これ」

着信の番号を確かめた。

「なに!御園か!」

おそらく、マイク機能だろう。周りの音を拾っているようだ。

「コーイチ!奴らに勘づかれた!今、やつらの本社・・・」

といって電話が切れた。

「おいっ！御園！みそのっ！」

異常な状況になっているらしい。俺はすぐに警察に連絡した。明らかに状況がヤバい。

「警察ですか。人が捕まっているのです。助けてください」

俺は必死に訴えた。流石に一人で乗り込むのをためらった。

「わかりました。本当に、人が誰かに捕まっているのですね」

「ええ。天王洲アイルにあるテムジン・ジャパンです。こちらの連絡先は・・・」

しばらくして電話がかかってきた。

「警察ですが、テムジン・ジャパン本社に駆けつけましたが、異常はありませんでしたよ」

明らかに、簡単だった。捜査は淡泊だったのは、時間が証明している。

「人の命がかかっているのですよ。名前は御園高・・・」

俺が言うと、

「証拠がないのに、これ以上は調べられませんよ。それとも、何か証拠でも」

「でも・・・」

「いたずら目的で通報したら、偽計業務妨害にあたります。それでもいいですか」

俺の方を疑っていやがる。

「わかりました。自分で助けます」

相手が何か言いかけたようだが、無視して切った。

「くそっ！日本の警察は大漢が怖いか！」

俺はテムジン・ジャパン本社に乗り込むことにした。

俺は本社ビル前に来た。流石に情報大手とあって、高い高層ビルだ。

「これ、全部かよ。全部マフィア・・・」

いくらなんでも日本は無警戒すぎるだろ。大漢人民共和国の政府の影があるという。日本政府も中々苦慮するところだ。俺は中に入ろうとした。

すると、体躯のいい男たちが立ちはだかった。

「このビルに、何の用だ」

「ここに入った人を連れ戻しに来た」

変な日本語だ。中国訛りか。俺がそういうと、

「そんな奴は来ていない。去れ」

と俺を突き放した。

「やかましい！」

俺は中に入ろうとした。その時、どんと後頭部を殴られた。

「去れ。日本人」

ぐっと持ち上げられ、前の道に放り投げられた。

しばらく倒れたままだった。通行人が不思議そうにのぞき込むが、それ以上何もしない。

「くそっ！御園・・・」

ようやく起き上がった。

「どうにもならんのか・・・」

とふと、スマホを思い出した。もしかして、まだ携帯しているかもしれない。

鳴らしてみた。乾いたコール音が聞こえる。

ＰＰＰＰ・・・

どこかで鳴っているようだ。何？

俺は必死に音のする方に向かった。

「御園。大丈夫か」

俺は涙が出てきた。俺はとんでもないことをしてしまった。友人は今、命の危機にある。それをやらせたのは俺だ。

「ビルの裏・・・地下駐車場か・・・」

すると、柱の陰で鳴っている。車の下だ。

「くそ。いない」

車の陰で発見されにくいのだ。とっさに下に放り込んだに違いない。

「すまない。御園・・・」

これで手がかりが切れた。その時だ。スマホにログイン画面が出ていた。

「なんだろう」

最初はよくわからなかった。これはスマホをロックしたものだ。

「とっさにやったとしても、あいつのスマホ操作のスピードは半端じゃない。もしかして・・・」

ログインを試みた。

「普段あいつ、スマホのコードは当然教えない。だが、俺に見せるつもりなら、何か俺もわかる物だ。名前、生年月日は問題外だ」

あいつのつけそうなコードを考えた。

「家族はいないし、特別な人も聞いたことがない。研究室にこもりっきりのタイプだ」

いろいろ考えたが浮かばなかった。

「とにかくでなきゃ」

スマホを拾いビルを離れ、隠れた。すぐに助けが、必要なはずなのだ。

「・・・思いつかん」

“俺たちは兄弟みたいなものだ。冷や飯喰うのもいっしょだ。”

あいつが、いつも言っていたことだ。

「すまん。今、俺は役に立たたん」

俺はスマホの解除を試みた。あいつがつけそうな、コードを打ち込む。

「無理か・・・くそ。こんなことになるなら『かぐやプロジェクト』のことなど、どうでもいいのに、俺は！」

その時はっとした。

もしかして。

“ＫＡＧＵＹＡ”

と打ち込んだ。すると画面が切り替わり、地図が出てきた。

「やった！あいつはどこに。メッセージだ」

地図は東京湾にマークしてあった。

「ここは・・・？」

もともとここは埋め立て地だ。地図の場所は走ってもいけそうだ。

地図には「テムジン・ジャパン流通センター」とあった。

だが、現地に行くと、ぼろぼろの倉庫が立ち並んでいた。人気はない。

手であけようとすると、鍵が閉まっているようだ。

使われている様子はない。他の倉庫を見た。

ゴロッ
重い鉄の扉があく倉庫があった。

「ここか」

中は真っ暗だった。先の方でほのかな明かりが見える。逆光気味なのか、俺の影が前にあった。扉を開ける陽光に俺のシルエットが浮かぶ。

「入ってみるか」

殆ど何もない様だ。

「いったい何の目的で、倉庫を・・・」

すると、前に何かあるのを見つけた。正確には、天窓から射す光に、何かの物質が照らされているのだ。

「?」

動かない。

近づくと。

「足・・・か?」

人の足のようだ。

「足だ!」

俺は駆け寄った。

すると見たことのあるスーツだ。昨日見たばかりだ。忘れるわけがない。

「御園!御園!」

御園を抱き上げた。

「冗談だろ!」

ぐったりしている。

「今、助けを呼ぶぞ」

携帯に手をかけた。

「こ、・・・コーイチ・・・・」

生きているようだ。よく見ると腹から血を流している。口からも血が出ている。

「くそ。拳銃か」

とっさに撃たれたとおもった。ここなら、銃声は人に聞かれないだろう。

「死ぬな。御園!」

「聞け・・・」

最後の力で、何かを伝えようとしている。

「レオ・・・ポールは、今朝・・・飛び立った・・・図書館に・・・」

「どういう意味だ。図書館とは！」

「月・・・月の国・・・」

全く意味が分からなかった。だが、月の話は以前にもナポレオン7世から聞いている。

「月の都なんだな」

すると御園は息絶えた。

「ちくしょう！」

大声で叫んだ。反響で周りに響く。

「とうとう、殺しやがった」

レオポールは、はっきりと殺人を犯したのだ。絶対に許せない。

地の果てまでも追いかけ捕まえてやる。

俺は、涙をはばからず流した。

はばからず泣いた。俺の兄弟だ。


御園が死んで心にぽっかり穴が開いた。

「最期に言った意味は何だろう」

確かに聞くには聞いたが、具体的にどこか、見当もつかない。

「ごろごろして。会社いかないと、首になっちゃうわよ」

俺は相変わらずぶつぶつ言う。

「月の都、月の使い・・・？」

「呆れた。クビ確定ね」

どうせ、会社などロクなものじゃない。いいさ。

それで。だが、御園のかたき討ちだけは。

時々思うのであった。ナポレオン7世は、何を言いたかったのだろう。

“月の使者は月の都にいる。天の印を探れ。”とはどういうことか・・・」

時々思うのだ。

「俺にレオポールを追え、といっていた」

すると、むかむかと怒りが込み上げてきた。

「そいつのせいで今の俺はみじめになった。御園を殺した。奴を捕まえたら、殴ってやる」

俺らしくなく興奮している。

でも、レオポールを捕まえるなら死んでもいいと、思うのだ。焦燥感が募る。

「月に帰れ、月に帰れ・・・月って、どこなのだ?」

まるで、それが趣味のように繰り返し思うのだ。疑問点は『月』がどこを指すか、だ。

「かぐや姫って、そういえば中国の物語をモデルにしているんだっけ」
・・・斑竹姑娘(パンチュウクーニャン)物語だったような。とにかく中国がオリジナルだ。
「たしか、四人の貴公子が求婚しようとして一人は西の島に流されたとか・・・」

西の島っていうと・・・西洋の島か?

「いやいや、考えすぎだろう。かぐや姫はかぐや姫だ・・・」

かぐや姫は物語の最後に月へ帰る。

「クライマックスでは天に現れた光が一筋現れ、その眩しさに目がくらんで皆、身動きが取れなかったのだよな」

俺が『かぐや姫』のラストシーンで、現れた天女らが姫を連れ帰る場面について考えてみた。

「あ、それってローマの話でしょ?」

フランス文学に詳しい俺の妹の声が聞こえた。いたのか。

「え、かぐや姫じゃないのか?これ・・・」

かぐや姫の話で、なんでローマの話になるのか。

『ミルウィウス橋の戦い』の絵に描かれた名場面よ。『ローマ』郊外のミルウィウス橋で二人の皇帝が争った戦いの前夜に、コンスタンティヌス帝が空に『一筋の光』を見たとされるものよ」

偶然かな。どう考えても別なことだろう。

「かぐや姫とは無関係だろ?」

当然の疑問をぶつけてみた。妹は高い声で笑う。

「なあに?フランスで何やってきたの?かぐや姫の話なんていったい、どうしたの?」

妹はまるで相手にしていない。かみ合わないどころか、完全なすれ違いだ。全く別のことを話している。

「だって、俺はこれをかぐや姫の一シーンかと・・・」

おれは、はっとした。そういえば、ナポレオン7世のメッセージにはかぐや姫の一文はどこにもない。むしろ、月に帰る、で俺が勝手に判断したのだ。ヨーロッパのナポレオン7世がかぐやに結びつけるわけがない。

「もしかして、メッセージは解釈が違うかもしれない」

(ナポレオン7世はかぐやプロジェクトを知っている。つまり、ここは“2つをかけているのか”)

「この光は十字架のようで、兵士は皆、各員の持ち場で恍惚と眺めていたそうよ」

偶然にしても、よく似た話だ。もしかして元は同じものなのかもしれない。

「じゃあ、この『月』って?」

さすがにこれらは専門外だ。ローマに月の話があるとは思わなかった。水を得た魚のように妹は語っている。

「ローマには、月神ルーナの神殿もあったはず」

『月』といえば、ローマの『ルーナ』を指すらしい。

やっぱり文系は理系よりも物語に詳しい、とつくづく思い知らされる。

「ありがとうっ。おかげで謎が解けた！」

俺は、妹へとっさに、感謝のハンドサインを出していた。

「何だか知らないけど、そりゃよかった」

妹は、話を呑みこめていない。

『かぐや』プロジェクトの意味は、この伝説に不死の薬が登場することにあるんだ」

かぐや姫の物語には、不死の薬が関係している。

姫が月の都に帰るとき、薬を残した。これが帝に献上された不死の霊薬であった。ところが、帝は最愛の姫を失った落胆のあまり、この霊薬を燃やしてしまったらしい。だから、秋津洲製薬は、この霊薬への憧れを込めて、プロジェクトネームを『かぐや』としたのだ。


妹がお茶を差し入れに、持ってきてくれた。

この妹、意外と気が利いている。

「いつもにーちゃんが調べている鉄木真（テムジン）・・・その由来、知っている？」

そう言えば、妹は歴史に詳しかったな。だが、俺は理系だからよくわからん。

「知らんな。歴史上の人物の名前か？」

いまさらどうでもいいことだ。

「チンギス・ハーンといえば、わかるかしら？」

たまには真面目に答えてやるか。

「ああ、『鍋の名前の人』か。ジンギスカン鍋なら知っているぞ」

「そうそう・・・って、違うでしょ!青き狼（ボルテ・チノ）とよばれた、モンゴル帝国の皇帝よ!」

――東はポーランド、西は高麗の地とよばれた遊牧帝国モンゴル。

世界一の大版図を実現したチンギス・ハーンは、鉄木真を名乗り、不死の秘薬を求めたという。

東西の洋を跨ぐ多国籍製薬企業を目指す鉄木真社の企業理念を、モンゴル帝国になぞらえて命名したのだろう。

「ベルリン、レグニッツァ（ポーランド）、中東、東アジア、東京、そしてワシントンにそれぞれ社ビルを構えているところ、まさに多国籍企業といえるな」

御園の推理を思い出した。テムジン社はアフリカでの秋津洲のトラブルの仲裁に、秋津洲のデータ共有を働きかけた。いわば裏口だ。そこからハッキングで、金になる開発のデータベースに入り込んだのだ。そこで盗んだデータを、世界最大の薬品メーカーのソナフィー社に売り込んだのだ。

二社間の業務提携については、俺ですら知らなかった。テムジンが最初に俺の目の前に現れたのは、ソナフィー社と提携したことだった。それ以前の仲裁の話を聞いていなかった。それが、俺の全く知らないところで、俺の技術を盗み、それを手土産にライバル社に取り入ったのだ。

この話は、おそらく多分に裏がある。奇妙なことは、確かにこの特許が二社の共同請願であることは変わりないが、その技術開発そのものにはテムジン関係者が関わっていない点だ。

つまり、これは本来ソナフィー単独で出願すべき特許のはずだ。

ここに政治的意図があるとすれば、たとえばテムジンが、有益な情報なり物資なりをソナフィーに提供して、その見返りとして、共同出願を要求したのかもしれない。

まず俺はテムジンが手掛ける製薬プロジェクトを、いくつか検索にかける。

「斑竹計画（パヌチウ・チェフア）」

なるプロジェクトを発見した。ドイツ企業といいながら、中身は大漢企業だ。繰り返し言うが、大漢人民共和国とは、中国大陸にある架空の共産主義独裁大国だ。人の情報を盗んでは、自分ものと主張し利益をむさぼる。その習性故、この話は常に付きまとう。実態はドイツに本拠地を持つ、大漢企業だ。情報を盗む土壌は生まれつきだ。

失敗の原因となったのは、本社のデータベースを共有ファイルとして、ネットリンクした技術担当の社員だ。踏み込まれてこうなることなど、俺ですらわかる。

「創造霊薬、过上幸福的生活吧（霊薬を創造し、幸福な生活を）」

をキャッチフレーズとして進行中だ。彼らの言う、ユートピア的文言は、隠れ蓑に過ぎない。計画の内容は、完全といっていいほどに伏せられている。どうやら、他の文献も合わせ判断すると、世界には最先端抗がん剤を開発中の会社が、少なくとも三社あることになる。

このテムジンはまだ創立五周年を迎えたばかりで、他の秋津洲やソナフィーといった、百年以上の老舗とは情勢が異なる。

おそらく、この三つ巴の対立軸には複雑な国際情勢も絡んでいるのだろう。

「サンジェルマン」と「かぐや」・・・これら二つの名称は不老不死伝説にあやかってつけられた。もしや「斑竹」もその類ではないのか？

「ああ、何度見ても『かぐや』の盗作にしか見えん」

俺は頭を抱えて、デスクに突っ伏す。

「だが、どうしても証拠がない。パクったという証拠が！」

俺は御園の顔を思い出す。

「御園は命を落としてまでも、真実を明かそうとしていた。俺はつがなければならない」

そうなのだ。彼の死を無駄にはできない。

「データの漏洩の証拠があっても、シラを切るだろう。もっと直接的な、それこそ製品自体に決定的な証拠がいる」

やはりそこに結論が来る。

「俺はこの悪夢から目を覚ますんだ。俺を悪夢に突き落とした連中を、この手でつかまえることだ。そのためには・・・」

俺はパソコンの電源を落とした。

「ローマに行こう！」

そう決心した俺であった。

ローマのデウス・エクス・マキナ（ふりだし人形）

――全ての道はローマに通ず。

ラテン語格言

俺は東京から飛行機に揺られること二十三時間、ローマ空港に到着した。日本とは地球の反対側だ。また、謎解きが始まったのだ。

「ここは空気が違うな」

ここはローマ。日本ともパリとも違う。明るく澄んだ空気に、乾いた太陽。地中海独特の乾いた空気を感じた。今は冬だが、寒さは、さほどではない。道は賑わい、人々は、しゃべって歩いている。地中海に伸びた、長靴と呼ばれる半島のイタリアの真ん中あたりだ。

「おたく、日本人?ドメニコの薔薇香水は、いらんかえ?」

といっているのか、わからないが、イタリア語で老人が話しかけてくる。俺はイタリア語がさっぱりだ。パリとローマでは明らかに違っていた。

「Non, grazie(結構です。ありがとう)」

俺は、その老人から離れた。空港の観光客に物売りだろう。それより、俺は大事な調べ事があるのだ。構ってはいられない。

東西ローマ千年帝国の都にして、教皇領（キュリオ）の中心地、バチカンを市内に擁する。ローマの中に、別の「国」がある。

え・・・

偶然にも、俺とジョゼフィーヌは、ローマ空港の国際線ターミナルで再会した。

「ジョゼフィーヌ、どうしてここに?」

「あなたこそ・・・」

こんな偶然がある物か。ほとんど同じタイミングで、同じ空港に着いたことになる。全く連絡を取り合っていない。連絡手段などないのだ。さすが神様の都・ローマか。キューピッドは実在していた。

あいさつを終えると、互いにローマ渡航の理由を打ち明けた。

「ひとまずは、それを聞こう」

俺たちはローマ市内に入った。ローマは世界でも有数な古都だ。しかも、いわばキリスト教の本山である。そのため、雰囲気からして違う。古くても凛として、荘厳な雰囲気がある。道は狭く、整然としていない。それがまた、年輪を重ねた都市の顔といえよう。サンジェルマン伯爵は、空想の人物だが、この街は厳然とした、威厳のある古老である。さまざまなことを語っているようだ。

道端にあるカフェに腰を下ろす。

コーヒーが出される。

「カフェのエスプレッソ、イタリアが本場なのだよ」

メニューを見た。エクアドル産、百パーセントの文字が踊っている。

「早くておいしい。それがエスプレッソ(急行)の語源だ」

オリエント急行列車のように早く準備でき、短時間で優雅な気持ちにさせるエスプレッソの秘訣は、豆の挽き方にある。

「これは酸味が強い。だけど、甘さもある。インスタントでは均一化されてしまう、この風味を、ホンモノは最大限引き出す」

この店では敢えてブレンドをせずに、各地産の純正コーヒー豆を、その個性に合わせた焙煎法で商品化している。

「人間もコーヒーも十人十色だ。皆違って、皆いい」

俺なりの決め台詞だ。

「ところで・・・何かわかった?」

彼女の顔を見ていると、これからの先行きに、不安を感じているようだ。

店内にはヴェネチアンマスクや、ピエロのマスクを被った芸人たちが、チェロのバロック音楽を弾いたり、コントをして、客の目を惹いていた。イタリアの音楽は、西洋音楽のルーツであり、むしろ我々の耳になじむ、いわゆる「クラシック」である。

ちなみに「カンツォーネ（歌）」や「オペラ（歌劇・作品）」などの音楽ジャンル、「ピアノ（弱い）」「フォルテ（強い）」「モデラート（中くらいの速さで）」など音楽記号もイタリア語である。

俺は芸人から目線を外し、ジョゼフィーヌに戻す。

「イタリアでは、錬金術を不死薬に用いる学派があったそうよ。サンジェルマン伯爵の学派があったそうよ。ただ、それがどこにあるかはわからない。レオポールが目をつけるなら、それよ」

「なるほど。歴史的な視点で見たのか」

「ムッシュは?」

「俺がナポレオン7世のメッセージを解いたのだ。それに、東京で俺の親友が殺された。レオポールに」

ジョゼフィーヌは言葉が出なくなった。

「東京で殺されたの。なんてひどい」

「俺が信用できる唯一の男だった。だが、テムジンの日本法人に乗り込んで、殺されちまった」

俺は通信記録を見せた。

「これは?」

「これは、テムジンが情報を秋津洲から盗んだ証拠だ。ソナフィー社に売っていたのだ」

どうしても、このことをジョゼフィーヌに知らせたかった。

「ひどい話ね」

「レオポールが月の都、つまり『神の印』のあるローマに来て、何かを調べているようなのだ」

純粋に化学ではないが、俺も仕事の延長に、ここに来たのだ。

「でも、この出会いは、まるで神様のいたずらみたい」

「何が?」

俺は、彼女の言うのを、あえて聞いてみた。

(もし、俺を追ってきたのか。いいや、ありえん。連絡できなかったのだ。それに・・・)

「ムッシュと合わせたかのように、また再会したことよ。まるで神様の仕組んだことみたいよ。友達のお兄さんがローマに出発したって聞いたから、私も行く気になったのよ」

「なんとも偶然だな。そうだな。でも、同じ目的だ。また組めることはうれしいよ」

(素直に会えてよかったといえばいいのだが)

俺はちょっと反省した。彼女はどうだろう。

「なんだ。そうなんだ」

ちょっと素っ気ない。急に冷めた感じだ。どういう意味だ?俺と違って気がないのか。だよな。急に彼女が不機嫌になってきた。

「旅行気分なの?」

「いいや、謎解きだ。レオポールを捕まえるのだ」

とにかく、奴を捕まえることが大事だ。ところが、そのはずなのに、ジョゼフィーヌは気に入らないらしい。

「そう！勝手にやれば？」

そう言って立ち上がった。

（俺、何か言ったか？）

俺は戸惑った。何か気に障ることでもしたかと思った。

「ちょっと待ちなよ！一緒に探せば効率的に・・・」

すると、彼女はきっとにらんで平手打ちをした。

「もう結構！私一人で探す」

俺は、何が何だかわからなくなった。完全に怒っている。彼女にとって、気に入らないことを言ったのは、たしかだ。

「気に障ったんなら、謝るよ。ただ、一緒にいたいだけだ」

一緒に探したいだけだ、を言い間違えた。また平手打ちか。

「じゃ、いいわ。許してあげる」

何なのだよ。言い間違いの方が正解かい。後から思えば、彼女の気持ちを考えていなかったようだ。

やれやれ。ここは一旦、外に出て、気晴らしをする方がいいだろう。

「わかった、議論はあとだ。まずは外に出て散歩しよう」

店を出て、街を見渡した。なるほど、道は狭いものの、沿道にある建物の高さ、規模、密度どれも小振りで、街の向こう側まで見渡せる気さえする。ローマは、思っていたより広い。

「さっきは俺が悪かった。な、街をブラ歩きして気分、直そう？」

彼女は黙って歩いている。

しばらく、沿道散歩をしていると大きな大理石の泉に差し掛かった。

「なんだ、これ。テレビで見たことあるような・・・？」

後ろ向きで、コインを投げ込む、人だかりができている。

「あ、有名なトレヴィの泉だ」ポーリ宮殿正面に隣接する大理石の泉で、三体の像が並んでいる。

「デメテル、ネプトゥヌス、ヒュギエイアのローマ神三柱が、神話世界を見下ろしているのよ」

ここにコインを投げ込むと、幸せになれるらしい。

思いっきりコインを投げ込めば、ローマに帰って来られるという。

「この水、どこの蛇口から出ているのだ？」

日本には大型噴水が少ない。

「ヴィルゴ水道よ。唯一、現役の古代ローマ水道なの」

感心してしまうのは、この彫刻といい、この水路といい、トレヴィの泉はローマの中心にあって、ローマの歴史を無言で物語っていることだ。

「ねえ、二人でやってみようよ」

ジョゼフィーヌの誘いに乗って、二人は、それぞれ一ユーロ硬貨を一斉に投げ込むことにした。

「トロワ、ドゥ、アン（3，2，1）！」

二人で一斉にコインを投げ込む。二枚のコインが水面に落ちて、ポシャリと音を立てる・・・後で知ったことなんだが、実は二枚のコインは『大切な人と永遠に一緒にいる』願いを表すそうだ。

「ほら、ね、セルフィー（自撮り）しない？」

ジョゼフィーヌと俺は、後ろを向いたそのままの態勢で、肩を重ねてポーズを取る。

パシャ！デジカメの電子音とともにシャッターが下りた。

このごろのジョゼフィーヌの調子は、何かおかしい。なんというか、感情が不安定だ。

その後、トレヴィの泉が見える広場側面、アイスクリーム屋のベンチに、俺が先に腰かけて休憩する。

「ジョゼフィーヌ、何がわかったか？」

ジョゼフィーヌは泉の前にある観光案合図を見ている。

「地図よ」

ぼそっと言った。

「そう、地図。ナポレオンの不死薬、その在り処の書かれた地図よ」

「それがなんだ？」

「私たち、ナポレオンの不死薬を、追っているのでしょ？その地図がどこにあるのか、探さないと・・・」

彼女の焦りが募っている。俺以上に焦っているようだ。地図にナポレオンの不死薬の場所、など書いてあるはずがない。

「呆れた！これだから学者は！まずは考える前に行動よ！」

自分も学者だろうが！と言いたくなったが、確かにその通りだ。

「って、君も歴史学者だろうが！ジョゼフィーヌ！おい、どこへ行くんだ？」

「放っておいて！私一人で探す！」

俺が彼女の跡を追うように走り出すと、西に通りを、二つ超えたあたりで、追いつくことができた。

「お願いだから、短気を起こさないでくれ。気持ちはよくわかる、だけどな・・・」

俺が言いかけた時、彼女はある物を指さした。

「見て、この石碑・・・ナポレオンって書いてある」

上を見上げると、エジプトから運ばれてきたオベリスクが鎮座し、その台座に「DE IMPERATOL ROMANUS ET GALLICUS NAPOLEON(ローマおよびフランスの皇帝ナポレオンより)」と刻まれた碑文が据え付けで展示されている。

「ここにもナポレオンが！どうして？」

内容は不可解だった。

第一に古代ローマで使用されていたラテン語がつかわれていた
「CIRCAS BIBLIOTECA DE CAMPIDOGLIO（首都の図書館を探せ）」

となっている。

俺たちが、碑文に顔を近づけて、何度も熟読していると、見知らぬイタリア人の若い男性に声をかけられる。

「チャオ（やあ）、その碑文が気になるかい？」

俺は突然話しかけられて俺は返答にたじろぐ。

「その碑文、最近になって発掘されたそうだけど、すごいんだぜ」

イタリア人は、道行く人々との気軽な会話を好むと聞く。

「は、はあ」

「考古学界の学者様が、解読にご執心なその碑文、なんでもナポレオン霊薬伝説の鍵に、なるんじゃないかって言う話だ」

どうやら、これは図らずもジョゼフィーヌの手柄になってしまった。

当の本人は目を輝かせて聞いている。じゃあな、といって、あのイタリア人が去ろうとすると、ジョゼフィーヌは

「アスペッテ（待って）！私、歴史家なの。興味あるからもっと聞きたい」

といって流暢なイタリア語で聞き出そうとしている・・・こりゃ、本気のようだ。

「おいおい、俺はシロウトだから、よう知らん」

若者はそう言いながら、目の前の円形建造物を指さす。

「俺も、たまたまここを通りかかったのだ。パンテオンが見えるだろ？」

この建物は万神殿（パン・テオン）というらしい。コロッセオと並んでローマを代表する、観光名所になっている。

「グラッツィエ（ありがとう）！・・・ほら、行くわよ」

『図書館』、これは御園の最後の言葉にもあった。だんだん近づいているようだ。

碑文に記された図書館を求め、市内を放浪する。ついでのパンテオン観光をすることにした。パンテオンとは、万神殿という円形のいわゆる神殿で、そびえる柱に装飾された屋根が乗っている。宗教画が、ちりばめられた荘厳なドームで有名だ。

「あなたは気に入ると思うわ、この建物」

二世紀に完成したにも関わらず、ヒビ一つ、汚れ一つ被ることなく、二十一世紀の現代まで、二千年もの間生き残っている、縄文杉のような存在だ。

「あの天井、白いでしょ？あれはコンクリートなの」

俺にはこの建物自体がオーパーツに思えてくる。

紀元前にコンクリートがあったなんて・・・！

「で、ローマン・コンクリートって言うのかしら?この材料は、現代のセメントの倍以上の強度があって・・・数千年は耐えられるの」

「っていうことは・・・日本のコンクリート建築の数十倍頑丈ってことか?」

「くすっ。あなたってなんでも計算ね。ムードってあるのかしら」

ジョゼフィーヌの、いたずらな笑顔が印象的だ。俺は顔が赤くなった。多少機嫌が戻ったようだ。

俺たちは、ローマの凄さを肌身で感じることになる。まず、入口から内部に入ると感じることは、少し暗い空間であることだ。

大理石の床には幾何学模様が施され、周囲は円柱と石像で囲まれている。俺たちはその中心に立って、『雄大なパノラマ景色』を眺める。

少しすると、『天井から』陽光が漏れてくる。上を見上げると、なんと天窓があるではないか！

「青白い光に彩られ、ドーム全体が、イルミネーションよろしく照り輝く・・・まさに万神殿のイメージぴったりね」

このオクルスとよばれる天窓が、この神殿の奇跡を物語っている。

「オクルスを作るために、わざわざ、無数のアーチをつなぎ合わせたそうよ」

ちょうど人が途切れたのか、周りには人がいなかった。俺たちの足音だけが響いている。俺は手を広げて光の洗礼を浴びた。そして、これからどうすべきか、神に祈りながら必死に考える。

自分を中心として、天に星々が輝く星空を思い描いた。

白いドーム天井全体を一つのキャンバスとして、太陽を中心とした水金地火目土天海冥・・・星々が楕円形を描いている。

メルクリウス（水星）、マルス（火星）、ユーピテル（木星）らローマの神々が、天空を舞っているかのような、壮大な気分だ。

ドームに十二星座の英雄や動物の姿が、浮かび上がる。

ああ、俺は、どこへ行けばいいのか。

ローマといえば？俺はコロッセオとバチカンしか知らんぞ・・・

「ムッシュ！」

俺はジョゼフィーヌの一言で我に帰る。ジョゼフィーヌは心配顔だ。「ムッシュ、もっと気楽に考えたら、よろしいのじゃないかしら」

「……」

「ここは観光都市、そして、私たちは来訪者ですわ」

「だから・・・？」

「もっと、観光気分で考えれば、いいと思います」

「図書館といえば、という感覚かな」

「そうですわ。謎解きはもう少し、ワイドビューで見ないと」

確かもそうかもしれない。謎の真理など、もっと、常識で考えていくものかもしれない。

「ローマで図書館か・・・」

周りは聖堂ばかりで、宗教色の強い像ならいっぱいある。

「キリスト教の聖母子像があるなあ」

たまたま目に入ったものを言ってみた。俺のイメージでは聖堂の図書室みたいな場所に、偉大な秘密が隠されているのだろう。

「でも、聖堂に図書館なんてあるのだろうか」

固定観念は、この際捨て去ろう。

「イタリア、それもローマを代表するキリスト教と言えば・・・」

あれ、そういえば。ジョゼフィーヌは、なにか気づいたように立ち止まった。突然立ち止まったので、俺は不思議に感じた。

「ムッシュ！バチカンよ。そこの図書館よ！有名なのよ」

「さすが、歴史学者！全く分からなかった」

「何も冠詞のついてない名詞は、その権威なのよ。ファーザーがキリストを指すように」

宗教において、一般名詞を固有名詞でいうものがある。それは、すべて「唯一」のもので、「言うまでもない」ものなのだ。世界で「図書館」といえば、バチカンの図書館なのだ。

「そうだな。確かにそうかもしれない」

俺たちは、さまよう旅から解放されたようだ。行き先が決まったのだ。

世界最小の国・バチカン市国だ。

「バチカンの図書館は、蔵書量世界一で有名です」

そのバチカンにないなら、世界中どこを探したって、あるはずがない。

「バチカンは現存する世界最古の図書館よ。歴史を語るのに、おあつらえ向きよ」

俺たちは足早にパンテオンを辞した。

サン・ピエトロのメデア（悲劇）

——ああ！私の頭を、天の雷火よ、貫け！

　　生きて私に何の甲斐がある？

エウリピデス、悲劇「メデア」、古代ギリシア

　ここから『バチカン市国』までは二キロ弱。隣町は隣国といった感覚の近距離、まさに目と鼻の先にある。

ティベル川を越えるところまで、まずは歩くことにした。すぐにナヴォナ広場を通り過ぎる。

「ここは古代ローマの戦車競技場（サーカス）だった場所なの。ほら、楕円形になっているでしょ？」

オープンカフェが多く立ち並んでいる。それにドリンク屋もある。

「ご当地、ラツィオ地方産のオレンジジュースは、いかがかね〜？」

「じゃあ、俺・・・そいつを頼む」

日本でも旅先では、特産の飲み物やお菓子を、よく買っていたものだ。

新鮮でみずみずしい果物がそそる。すぐに生のオレンジがジューサーにかけられ、提供される。

「ムッシュ、何を笑っているの？」

笑っている俺が、不思議だったらしい。

「だって、俺は言葉が通じないところに、いるのだぜ。なんか、なじんでいて、どうして、こんなに以前から、知っている感じがするのか、おかしく思えるだろ？」

この感覚はデジャヴ（既視感）っていうヤツだ。

これもフランスからの外来語だ。

「ムッシュは先に席に行っていて。できたら持っていくから」

俺は、オープンカフェのように、置かれたテーブルのそばに行った。

すると、そこに十六歳ぐらいの女の子が、籠をもって寄ってきた。民族衣装を着ていない。だが、地元の子という雰囲気を持っている。

「シグノーレ（ミスター）。今、旅行?」

つぶらな瞳でのぞいてくる。声も小鳥のように高いし、はっきり聞こえる。天使がいるとすれば、こんな声を出すのだろう。音感をくすぐるイタリアの響きは、人間というより、聖なるものと思えなくもない。

—愛を語るならロマンス語（がよい）

こんなうわさを聞いたことがある。

この場合、ロマンスはラブロマンスとロマンス諸語の掛詞だといえば、さらに洒落がきくだろう。これはフランス語やイタリア語、スペイン語などを指す。

「ああ、そうだ」

「すると、彼女は恋人?」

俺はドキッとした。いや、どうなんだろう。俺はどぎまぎした。

「い、いや、そんなことはあるかな、ないかな・・・」

「変なの。イタリアでは、男性が、しっかり女性をエスコートしないとだめなのよ」

「・・・イタリア人はそうなのか」

「ええ。世界一、女性を大切にします」

ラテン系は気楽、道楽の気質があると聞いた。

「・・・それに情熱的（パッション）で、激しい恋をするのよ」

イタリア男性はいい加減と揶揄されるが、女性のことになると、とても強くなるそうだ。おれは恥ずかしくなった。

「シグノーレは、もっと飾りが必要よ」

といって、篭から一輪の花を出した。この子は花売りか。

「これは？」

「これは白百合、“マリアの花“と言いますわ。フランス王国のロイヤルフラワーでもあったわ」

「それじゃ、一輪もらおうか、シグノリーナ（お嬢さん）」

「シグノーレ、恋は”ケ・セラセラ（なるようになるさ）“ですわ」

俺はへーっと感心した。ませた子供だ。だが、恋に満ちたイタリアの地だ。若い女性でも恋を口にする。

彼女は去っていった。俺は一輪のユリを手に立っていた。

「正直、俺はこの手が苦手だ・・・」

俺は研究ばかりで、女性との付き合いを、ほとんどしたことがない。

「この花、どうしよう・・・」

そこへ、ジョゼフィーヌが帰ってきた。手にはジュースを持っている。俺は思わず、後ろにユリを隠した。

（いや、やっぱりだめだ・・・）

「ムッシュ、なに？」

「いや、なんでも・・・」

ジョゼフィーヌは、顔を覗き込む。

「顔が赤い・・・」

甘い香水の匂いが香り立つ。

俺の手の花を見つけた。

「ああ。マリアンヌフラワー。恋の花ね。花言葉は〝純潔〟よ」

俺はさらに顔が赤くなった。

「純潔・・・」

逃げられないと思えた。期待していたことでもあるが、複雑な気持ちになっている。

「ムッシュがなんで・・・」

ジョゼフィーヌは、別に不思議と思っているわけじゃない。その自然さに、余計に、こちらが不自然になる。もう言葉が出なくなった。破裂しそうな鼓動に押された。

「これを・・・」

俺は花を差し出した。手が震っている。すると、ジョゼフィーヌは

「くすくす・・・日本の方って、女性の扱いに慣れないのかしら・・・」

不器用すぎる、俺の気持ちを察したようだ。

「日本人は、本音を言うのが苦手でね・・・。君といると〝素直〟に慣れていないと、思い知らされるよ」

俺の顔から火が噴きそうだ。

「きれいな花を、ありがとう！」

ジョゼフィーヌは、陽気に花を受け取ってくれた。イタリアは初めてだし、イタリア語もわからない。

「ちょっと見直したわ。学術ロボットか、と思っていたわ」

肩の力が抜けてきた。ジョゼフィーヌも心なしか、明るくなった。

二人でジュースを乾杯した。ストローにしゃぶりつく。

「イタリアのオレンジは、日本のものよりも、酸味や甘みが濃いなあ」

イタリアの夏は温暖、乾燥した地中海気候であるため、オレンジの生育には適している。

「さっきから、ローマ市内は、土産屋ばっかりだ」

右を見ても左を見ても、土産屋に非ざるは店に非ず、とばかりの徹底ぶりだ。ジェラート、時計、ファッション、雑貨、レストランなど・・・どれも欧州最高級の老舗ばかり。さすが、ブランドの都だ。

「なんか、ここにいると、どうしても観光気分になってしまうな」

「本当に」

周りを見回しても、俺たちの姿は観光客だろう。

「事件なんて、信じられない・・」

俺は心底そう思う。

「本当に」

ジョゼフィーヌは、また言った。修道士が団体で歩いていく。

「さすが、バチカン・・・」

ローマよりも宗教色が強い。

「キリスト教が生きている・・・」

俺は独り言を言っている。

「ムッシュ、なに?」

不思議そうにのぞき込む。きれいだ・・・顔が赤くなった。

不思議と人ばかりだが、俺たちだけの世界の感じがした。

アベック・・・

ふと、意識した。わわわ、そんなこと言っている場合じゃないぞ。新婚旅行のカップルが目に入った。

「新婚さんね・・・」

ジョゼフィーヌは、何気なく言っている。

俺は、その気になってしまった。頼むから、それ以上、言わないでくれ!俺だって・・・

ジョゼフィーヌは何かを見つけたように
「あれは?」

手の先に観光土産の店があった。観光気分だ。

その前を、若い女性たちが横切る。ふと、妹の顔が浮かんだ。

「あいつにも、イタリア土産を買おうかな・・・」

そう言って、土産屋に入ろうとすると、ジョゼフィーヌが俺の袖を引っ張った。

「土産屋なんてローマでは安っぽいわ。雑貨店というべき。ほら、そこに地元の雑貨店がありますわ」

「な、なんだよ・・・」

俺は聞き返す。

「なんでって、海外旅行の時は、地元の店に入ったほうが、お買い得なのよ」

彼女に海外旅行慣れを感じた。

「普段から、私は、週末に隣国へ遊びに行きますわ」

「週末・・・?遊びに?」

とりわけ、国境近くに住むヨーロッパ人にとって、外国旅行は身近な存在だ。日本人の俺に、この感覚はなじめない。

「ええ、私が南仏に住んでいた時は、アルプス越しのトリノへ、毎冬スキーしに、行ったものよ」

俺が言われたとおりに、その雑貨屋へ入ると、オシャレなブランドのバッグ、時計がレジコーナーの奥に飾られ、その他、お買い得なアクセサリーが目白押しだった。

とりあえず、キーホルダーを買って、店を出た。

また、元の進行方向に向かって、広場大通りを歩き出す。

「あ、もう、橋が見えてきたわよ」

さっきの広場から二百メートルぐらい北進した。

道の両脇は、イタリアのルネッサンス建築群が続いている。

「ウンベルト一世橋・・・対岸に最高裁、それにハドリアヌス霊廟が見える」

ハドリアヌス霊廟は、文字通りローマ皇帝の墓である。まず、ウンベルト一世橋に差し掛かる。こちらはイタリア王にささげられた橋で、石像、ブロンズの彫刻が施されている。

俺にとって、天使の像や、ガス灯に彩られた豪華な橋を見たのは初めてだ。橋はコンクリート舗装であるが、その両脇は、芸術的な歴史遺産といっても過言ではない。

「眩しいほどの白さ！日本では考えられないほど、オシャレだ」

正面には近代イタリア建築の最高裁がある。それも、橋と一体になっていると思えるほど、近い位置にある。

ローマ神話の天空馬車、天使、聖人の像たちが、ただでさえ豪華絢爛な宮殿のファサード（正面）を彩っている。

対照的に、隣接するハドリアヌス霊廟は、『古代ローマの要塞』といった、武骨ながらも威厳あふれる風格を示している。都市ごと博物館、美術館というべきか。これなら、世界一の観光都市というのも頷ける。

サンタンジェロ（聖天使）城と呼ばれるように、れっきとした要塞である。

「見て、頂上に大天使ミカエルが！」

城の頂上には、またもやブロンズ像が。

「なんだ、ローマ市内には像ばかりじゃないか」

名前の通り、天使像美術館の形容が相応しいほどに、無数の像が列をなしている。彼らは、霊廟へ通じるサンタンジェロの石橋を渡る観光客らを、出迎える役目に明け暮れている。

「まったく、今日の俺たちは、神話に縁がありそうだな」

ローマには歴史的建造物や、西洋建築の最高傑作が集まっている。

「イメージ以上に、キリスト教の都って感じがするな」

キリスト教五本山に数えられるだけのことはある、と感じた。

この実感は、バチカン国境に近づくにつれて、強くなってきた。

「世界一といわれる歴史遺跡の多さが、ローマを『永遠の都』たらしめているのよ」

パリに比べると、ローマ時代の遺構が圧倒的に多い。その理由は、もちろん、ローマ帝国の首都であったことも確かなのだが、パリのような、近代都市としての大改造を受けていない点も大きい。

「なるほど、一カ月間滞在しても、飽きそうにないな」

とにかく、往年のローマは観光都市としては、最高レベルを維持している。

サン・ピエトロ広場の楕円形列柱廊（コロネード）が、俺たちを出迎える。つまり、俺たちはバチカン市国に『入国』したことになる。

バチカン市国は千人弱の『人口』を抱えている。

彼らの中にはキリスト教の関係者も多い。

「ええと、バチカン図書館はどこですか？」

俺たちは伝統衣装を着て、長槍を構える、スイス衛兵たちに道を尋ねた。ベレー帽に似た中世の帽子に、全身はオレンジと青色の縦縞の服。歴史の教科書に出てくるような、『中世西洋の兵隊』って感じだ。目の前にはサン・ピエトロ大聖堂があり、世界最大級のポルチコ（正面玄関を飾る修飾柱）は、その高さでいえば、人の十倍以上はあろう。それぐらい大きい建物だ。ビルの階層でいえば、ドームの最先端までは十数階立てほど。

ローマで一番高い、オベリスク風の十字架モニュメントに数えられる。屋根の上には合計で百体以上の聖人、教皇像が並んでおり、全ては石の純白で染め上げられている。

「あっちだ」

指をさして教えてくれた。現代に、あんな服装の兵隊がいるとは、不思議な気分だった。

「ねえ、あの変な服はなんだい？」

こそっとジョゼフィーヌに尋ねた。

「失礼ね。彼らは由緒正しい教皇庁の衛兵よ。伝統的にスイスから雇い入れているの」

ローマはやはり、素人に理解しきれないほど、深い歴史を持った都市だと思う。バチカン図書館は、コーティル・デル・ベルヴェデレという建物にある。

こげ茶、パン生地色の歴史建築が見える。

「ほう・・・これが目的地か」

バチカン図書館は、世界最古の図書館のうちの一つであり、西欧史上、貴重な歴史資料が保管されている。

「ここは四世紀、当時はスクリニウムの名で、教皇ボニファティウス八世の命令によって作られたの」

百万を超える蔵書の中には人文社会、自然科学、そして神学に関する世界最古の写本が、多く含まれている。

教皇庁に最も近いので、教会関係の資料が豊富だ。

「ここに、サンジェルマンについての錬金術文献があるのか？」

ジョゼフィーヌは、自信なさそうな顔になった。彼女も確信はないようだ。

セロネ・システィノとよばれる、イコンに飾られたアーケードの柱廊に出迎えられながら、司書に在り処を訪ねる。

「サンジェルマン伯爵の不死薬に関わる文書はどこだ？」

司書は修道士が担当していた。バチカンの業務用語はイタリア語である。ただ、彼は英語を話してくれた。

「ここには、宗教和約以前のフランス語文献はない」

ナポレオンがローマ教皇と宗教和約を結ぶまでの間、フランスでは、教皇のバビロン捕囚やアヴィニョン教皇庁、大シスマなどの事件で、フランスとローマ・カトリックの関係は、疎遠な時期が存在した。

「ただ、錬金術の資料なら・・・サン・ピエトロ大聖堂の資料室にある」

彼は、わざわざ、俺たちを呼び止めてくれた。

「フェラーラの錬金術師パラケルススが書いた、イアトロ化学の書なら、君たちの探していたものにぴったりだ！」

この世界最古にして、最大級のバチカン図書館に文献が無いとなると、もしかしたら、イタリア・ローマはもとより全ヨーロッパにすら、これ以上の手がかりが、ないのかもしれない。

「ただ、君らの知っての通り、あそこは聖域だ。身の安全まではできない」

どうやら、危険が伴うらしい。さらに、修道士が付け加える。俺たちはがサンジェルマンの文献を探しているというと
「Saint-Germain, era un diavolo (サンジェルマン、奴は悪魔だった)」

今まで英語でしゃべっていた司書が、イタリア語で忌々しそうに吐き捨てたので、ジョゼフィーヌの顔色が変わった。俺はわからなかったが、何事があるかと思った。

俺は潮時とみた。

俺達は足早に図書館を出ようとした。

「ああ、待って!」

修道士は分厚い古書を持ってきた。

「不死薬の調合に、錬金術を導入しようという試みがありました。その学派をイアトロ化学派といいます」

分厚いラテン語の錬金術の本を広げる。

「その学派はパラケルススが創始し、十八世紀のフランス革命中、サンジェルマン伯爵にまで、継承されたといわれます。お探しの伯爵についても、追記されていますね」

ジョゼフィーヌは同時通訳してくれた。俺はこの言葉を受けて、ふと考えが浮かんだ。

もし、サンジェルマン・プロジェクトの目的が、不死薬の調合にあるのなら・・・このプロジェクト名は、整然とした意味を持つ。

癌細胞の完全治療と正常な細胞の恒久的な延命・・・医学的な不死の実現だ。

彼女に、右の言葉の真意を尋ねた。

「ああ、彼。たぶん西方教会からは相当嫌われていたのね。だって、不死の薬を作る人間なんて、神の御意志に背く背教者として、破門されて当然の時代だったのよ」

人間の運命は、神により予定されている、という予定説によれば、死という運命に抗う人間は不信心者であるとされる。

現にギリシア神話の冥王ハデスは、アポロンの孫にして、医療の神であるアスクレピオスを『世界の秩序（生老病死）を乱すもの』として、ゼウスに抗議したと伝えられる。その結果、ゼウスは雷霆をもってアスクレピオスを撃ち殺したのだ。

「ゼウスをはじめとする西洋の神々は、不老不死をタブーとしてきたわ」

バチカン図書館の内部は広々として、人気（ひとけ）が少ない。

「みて、あれ」

誰かが歩いている。俺たちはとっさに隠れた。

隠れたのには理由がある。俺たちが、事件性の高い調べ事を、していると事情もあるが、どうやって持ち込んだのか、軽機関銃を持つ者が立っていたからだ。この、由緒ある図書館に、あってはならないものだ。

本棚の陰に隠れた。俺たちの姿を、先方は見えないだろうが、こちらも良く見えない。指揮者だと思われる人物は、逆光気味の光の中に居た。しかも後ろ向きだ。彼は薬瓶一つを、ぶら下げた杖、それも宝石に彩られた杖をついている。

(大金持ちか。それにしては・・・)

白衣を着ているのだ。背は高くない。

さらに、耳を傾けて盗み聞きを試みた。何かを話しているからだ。

「俺たちの探すものが、ここにあるはずだ」

ちらと隙間から見えたのは、白衣である。化学者のようだった。

「我々は神の力を得るのだ!テムジンが先を越すのだ!あの、東洋のアキツシマに負けるな!」

テムジン社だと!?俺を潰した張本人じゃないか。どういうわけでいるのかわからないが、ばったり遭遇したのだ。いや、これがレオポールなら、情報通りだ。御園は正しかった。

「見つけたぞ。レオポール・・・許せん!」

俺が表に出ようとした瞬間、ジョゼフィーヌが、俺の袖を力強く引っ張った。

「ダメよ、相手は機関銃を持っているわ」

お互い声を潜め、息を殺している。無念だ。相手が機関銃を持っているのだ。せめて顔だけでも・・・。

覗き込むが、本棚が邪魔で顔が見えない。当のレオポールとおぼしき人物は、部下たちを、怒鳴り散らし命令している。そのうち、こちらを探すようになったのか、部下たちが、こちらを探し始めた。図書館は広いが、出入り口が限定されるので、逃げ道がなくなる。囲まれたら、ただでは済まないだろう。

彼女が今の俺にとって、最後の理性だった。たしかにジョゼフィーヌの言う通りだ・・・しょうがない、ここは撤収しよう。銃には勝てない。東京を思い出した。あの無残に殺された、御園の顔が浮かんだ。テムジン社はただの企業ではない。大漢政府の影が散らほらしている。

俺たちは、図書館に隣接するサン＝ピエトロ大聖堂に戻った。先ほどの殺気だった雰囲気はなかった。俺が頷くと、門をくぐって十字架型の聖堂内部に、足を踏み入れる。

中央部のドームにモニュメントが見えてくる。バルダチノ・ディ・サンピエトロというモニュメントのてっぺんに、十字架がついている。

「この聖堂はコンスタンティヌス帝が、ペテロの墓上に建設したものよ。あのモニュメントは、ミルウィウス橋の戦いを記念しているの」

戦いの内容までは、話題に触れられなかったが、歴史的には重要な大聖堂であることが分かった。それより気になったのは、この有名なモニュメントが『ミルウィウス橋の戦い』ゆかりの品であることだ。妹の助言は正解だった。

その聖堂の高さに比して、人間は豆粒ほどに見えてしまう。

キリスト教の総本山だけあって、白い祭服を着た聖職者が行き来している。

教会のパイプオルガンの音色が、大聖堂のドームに響いて、神々しい雰囲気を演出している。ここでは空気そのものが重く、かつ震えているようだ。聖書の一節を唱える神父の声が、これに加わる。

「イン・プリンシピオ・クレアヴィト・デウ

ス・・・」

聖歌隊のソプラノ、アルト、優しい歌声が、俗事にまみれた耳を、洗うかのような快感を覚える。

ここは、いつまでも古代ヨーロッパ伝統の優美さにあふれている。

確かに、噂には聞いていたけれども、まさか、これほどとは・・・

天井の採光窓から射す日光が、俺たちを照らし、あたかも天国（カエルム）に誘われた気分である。ルネサンス文学に描かれた、天国のように眩しいこと、この上ない。

ああ・・・壁や天井に描かれた聖人たちが、天使たちが、今にも飛び出してきそうだ。

「ムッシュ、実はここ・・・私も来たかったの」

ヨーロッパ人といえども、気軽に足を踏み入れる場所ではないようだ。広さ、規模でいえば世界最大級の大聖堂であるが、かつて、ここに建っていた、ネロの巨大な競馬場に勝るとも劣らない。

この大聖堂は、同時に世界最大のキリスト教美術館としても認知されている。

「ああ、ここにも、あそこにも！像がたくさんある」

ひと際煌びやかな、装飾の施された間に差し掛かる。

「ここに真実があるのは確かね。ただし、その真実を暴くには危険も多い」

「虎穴に入らざれば虎子を得ず・・・か」

俺は故事成語を用いた。

「ノンノン、そんな、甘い話ではないわ」

何か考えているらしい。

「これはピュロスの勝利よ。この真実を暴けば、勝利が近づくけれど、同時に身の破滅を、もたらしかねない」

「つまり、教会内部に踏み込むのは、それなりの覚悟が必要だわ」

ピュロスの勝利は、古代ローマとギリシアに伝わる故事である。ユーゴスラビアに位置するエピルス王国の軍が、南イタリアを征服する際、ローマ軍に『圧勝』を重ねた末に、壊滅してしまった、という逸話だ。

「入るわよ。心の準備はいい?」

我々は意を決し、ホールに入った。

すると、意外な人物たちがいた。あのエルンストが従事・バルサーモを連れている。俺たちはほっとした。

「なんだ・・・じいさんたちか」

すると、向こうも気づいたようだ。

「おお!そこの!科学者と歴史学者か。妙なところで出会ったな」

陽気なエルンストが言う。

「なんで、こんなところにいるのだ?」

俺は聞いてみた。

「ああ。わしは、こういった歴史的な場所が好きでな。知っとるじゃろ」

周りを見た。

「ああ。歴史が好きなのは、よく知っているが・・・」

ジョゼフィーヌとの出会いは運命的と思えるが、この連中との遭遇は怪しさを感じる。

俺たちは、一つの聖母子像を見つけた。

なんだ、これは教科書で見たことがあるな。

「ふむ・・・ピエタじゃな。一九九四年に完成した、ミケランジェロ作、サン・ピエトロのピエタ。

他のフィレンツェ、パレストリーナ、ロンダニーニを含む、ミケランジェロ四部作唯一の完成品・・・」

隣の従事が、手をこすり合わせている。

「バルサーモ君、見たまえ。ワシには分かるぞ・・・あれはレオ六世、こっちはピオ七世の像だ」

聖像が点々と配置され、サンピエトロの聖域を、鮮やかに彩っている。

まるで、観光ガイドのようにペラペラだ。

「伯爵の博識には、敵いませんな」

従事の一言に、男は声を上げて笑った。

「わっはっは、ワシとて伊達に五回も、ローマ留学したのではないぞ」

ヨーロッパの貴族や外交官は、必ずローマかアテネに留学させられるらしい。西欧文化の源流だからだ。エルンストは俺を見た。

「君のような無粋な男が、優雅にローマ旅行かね？」

ふと、気づいたように話し出した。彼の言葉は、時としてストレートでトゲがある。

「いえ、ちょっと」

エルンストは、俺の隣に居るジョゼフィーヌを一瞥する。

「ほう、どうせ歴史取材でもしているのだろう。あいにく私には興味がないが・・・」

「伯爵こそ、ローマを、たびたび訪れるのですか？」

ジョゼフィーヌの問いにエルンストは刹那の間、黙った。

「ワシの夢は、不死薬の謎を解明することでな。ローマに、その手がかりがあると考えている」

不死薬の調査とは奇遇だった。

（まあ、確かに、バカがつくぐらいの歴史オタクだが）

「ナポレオンならともかく、サンジェルマン伯爵ゆかりの場所ではないわよ」

ジョゼフィーヌが言っている。

「ここは世界の“知”の中心じゃぞ。あるかもしれないじゃないか」

酔狂だな。お金持ちのじいさんだ。別にいいだろう。

この辺りは、教会の大扉からみて奥部であった。奥へ進むにつれて、聖職者の数が増えていく。

さっきは邪魔されたが、今度はしっかり聞いていこう。

なにしろ知っていそうな人々が、多く歩いているのだ。

修道女が歩いているので、少し話を聞いてみた。

「私は歴史学者で、文献を探しています」

ジョゼフィーヌが言う。

「サンジェルマンの、不死薬についての資料が欲しいのです」

俺が付け加える。修道女は、少しためらいながらも、

「こちらへ来なさい」

といって、俺たち2人を、側廊から地下室のような場所に案内した。どうやらヒットしたらしい。

古代の資料室といった雰囲気の書庫である。ここが例の図書館か？それにしても、どれをとっても歴史の威容を感じる。

「こちらに、サンジェルマン伯爵の不死薬、その在り処を示す資料がございます」

差し出されたのは一枚の古地図だ。

「『幻の英雄の丘の獅子の下』に、それはある」

羊皮紙に、変色したインクで書かれたメッセージ

だ。

十九世紀初頭の地図だ。

「これは・・・」

フランス軍、イギリス軍の両軍本陣がある。

「ウーグモン、モン＝サン＝ジャン・・・激戦地の名が載った、紛れもないナポレオン時代の地図よ」

「しかし、幻の丘はどこだろう？」

俺はまず修道女に聞いてみた。

「私は存じません。この謎は、文字通り未解明なのです」

ああ、また難儀な出題だ。

なんといっても、二百年もの間、未解決だったのだから。

「なるほど。文字通り『幻』想である可能性も否定できないわ」

ジョゼフィーヌは指摘するが、修道女が根拠を持って否定する。

「そのようなことは、ないと存じます。この地図はナポレオンの命令で作られました。現実主義の彼が、幻想を書かせるとは思いません」

それと、引き出しから何か紙を出した。

「それから、言い伝えで受け継がれている住所です」

見るとなにやら住所が書いてある。驚いたのは紙だ。現代の紙なのだ。しかも住所は、現代としか思えないものだ。

「これが？」

「そこにいけば、すべてがわかるそうです」

意味深だな。紙は今の漂白済みの現代紙だ。全く時代を感じない。

「これ、今の紙だな。今の人物が関与しているのか」

「そうでしょう。ナポレオン7世とか」

ちらほら彼の影は見える。そういうことなら、そうかもしれない。

ワーテルロー、リオン（ライオン）通り252の254番地か。しかし、現代の区画だ。この話、ナポレオンのころの話ではないのか。

「歴史とはつながっているもの。決して過去の出来事ではないいわ」

ふーん。歴史学者とは、そういう認識か。その時はそう思った。だが、この、認識の差が存在することを、後に俺は痛感することになる。二百年前の英雄が、それともに生きているのか。

住所のメモを受け取り、おもむろにポケットに入れた。

問題はこっちだ。羊皮紙をじっと見る。

「だが、丘や高原なんて、ヨーロッパには沢山あるだろう」

俺の想像なのだが、低地諸国っていうと、広大な草原にいくつか風車の建つ丘があるっていうイメージだ。

「丘、丘・・・ってどこかしら？」

ジョゼフィーヌは『丘』を探している。すると、見物を終えたエルンストが再び戻ってきた。そして、俺の手にある古地図を覗き込んだ。驚嘆の声を上げた。

「おお、それが秘宝の地図か。ワシにも見せてくれ！」

俺がエルンストに、地図を渡そうとした瞬間だった。

「おっと、そこまでだ」

俺は、後頭部に、筒状のモノを当てつけられた、触感を感じた。

バルサーモだ。拳銃を突きつけている。

「バルサーモ、これは、何のまねだ?」

俺が問うと、

「あんたらの役目は終わった。この地図と爺さんを連れていく」

シチリア訛りの発音だ。

「おのれ、バルサーモ、裏切りおったな!」

俺たちに拳銃を当てつけたまま、バルサーモはエルンストを連れ去ろうとする。

「グリニャール伯爵、あんた、知っているか?俺の先祖は、天下の山師（詐欺師）なのだよ!サンジェルマン伯爵の遺産を、狙っていたのだ」

「なんてことだ!」

エルンストは絶望の苦悶の表情になっている。腰が抜けたように地べたに倒れこんでいる。

「そいつらは、俺の子分だ。爺さん、あんたには従がわねぇよ。これでサンジェルマン伯爵の財産は、俺のものだ!」


図書館で見た機関銃を持った男たちが、その銃床でエルンストの頭を殴りつける。彼は気絶してしまった。

バルサーモが、リボルバーの撃鉄を起こす、金属音が聞こえる。

「俺も一応、『伯爵』なんだよ・・・。君たちも、おとなしくしてもらおうか」

彼はコートの裏側を俺たちに見せびらかした。偽造された勲章や、偽ブランドの宝石や骨董品で、埋め尽くされていた。

「ははは」

俺は笑えてきた。

「何がおかしい？」

バルサーモは露骨に嫌な顔をし、拳銃を、さらに押し付ける。

「何が伯爵だよ。偽物は偽物だろ！」

大きな声で言ったやった。

「このやろう！」

と、バルサーモが声を上げた時だ。

「隙あり！」

ジョゼフィーヌが、後ろに蹴りを一つ入れて、彼を引き離した。

「女と思って油断したでしょ！」

俺はジョゼフィーヌの勇ましさに感服した。フランス人は、彼女のように勇ましいのであろうか。そして、彼がよろけたすきに、俺たちはM９２Fを取り出して、バルサーモに向けて構える。

「俺は、無駄な殺生は好まない。銃を捨てろ！」

「うるせぇ！！」

バルサーモは銃撃を始めた。無理だよな。俺はなれない銃を、撃つことなく逃げた。後ろの壁が銃弾ではじける。生きた心地がしない。

「はっはっは。地図は頂いた！」

バルサーモはエルンストを抱えたまま、逃げ去ってしまった。

「ここは危険よ。とりあえず逃げましょ！」

多勢に無勢。俺たちは聖堂を出て。広場の出口に向けて、全力疾走した。

「あれは、見たところ小口径のオートのデリンジヤーよ!あれを選ぶとなると、銃にかなり詳しいわ」

「銃は、威力があったほうが、いいんじゃないのか?」

「それは素人の考え方よ。状況は変わるわ。命中しなきゃ、銃は脅しにしかならないわ。それに、むしろ、隠し持てるほうがいいの」

そういうものか。俺は思った。

なんとか脱出に成功した。この銃撃とエルンスト・グリニャール伯爵の失踪騒ぎが報じられれば、ローマ中が騒然とするだろう。

「ああ、最後の手がかりが・・・!」

俺は絶望した。バチカン図書館に隣接する大聖堂で見つかった地図のメッセージが、ホンモノの手がかりだったとしたら、俺たちはそれを失ったことになる。

「・・・ちくしょう!またしても、してやられた!!」

俺は地団駄を踏んだ。なにやら見えない、何かの影響を感じている。

「どいつもこいつも、俺の邪魔ばかりする!レオポールに嵌められ、今度はバルサーモに騙された!」

俺はたたられている。そう思うにつけて、悔しさがにじみ出る。

「弱音を吐くのはよして!悲観的になっても、何も利益はないのよ」

ジョゼフィーヌは強気だ。

「じゃあ、これからどうすればいいんだ!手がかりがないのだぞ」

もう口喧嘩だ。

「そうではないわ。バルサーモは手がかりを全部、奪えなかったわ」

「どういうことだ?」

あの古地図以外に何がある。

「これよ。この建物が示してくれるわ。手がかりがあれば、絶望することはないわ」

見ると、先ほどの修道女が手渡したメモだ。

「そうかな。こんなの何の資料でもないぞ。過去を探る資料は、過去の文献と決まっている」

古地図こそ、過去の話に繋がるのだ。こんな、いかがわしいメモなど、何の意味がある。俺はそう思った。

「ムッシュは、どうも“過去”を”過去“扱いする」

「過去は過去だ。何が違う。日本じゃ、宝物の手がかりは古地図と文献と決まっている」

過去を語るに、過去しかないのは当然だろう。

「ここは日本じゃないわ。どうやら、感覚が違うわね。ヨーロッパでは、過去を守り受け継ぐものなの」

たとえば、日本では、歴史的遺産の全てが、現代に受け継がれているわけではない。実際、平安京などは地に埋もれている。徳川の埋蔵金だって、誰かが管理、運営しているわけではない。

しかし、パリやローマでは千年前の遺跡が原形をとどめているし、スペインではローマ水道が保全され、現代に受け継がれている。

「日本人は、確かに“出来事”と捉えるが・・・」

歴史認識の違いだ。

「だから、添えられたメモは、立派に情報を果たすわけ」

仮にそうであっても、いまいち、そのメモを信用できない気がした。だが、そこまで言うなら、そうなのだろう。

「答えはひとつだけど、道はいくつもあるわ。この先は競争よ」

なるほど。この話の真実なのかもしれない。

「パンソン（考えましょう）！この一言に尽きるわ」

俺は、まだ落ち着かない。トレヴィの泉で諭す側だった俺が、今ではジョゼフィーヌに諭されている。

「冷静に思い出して。私たちの次の目的地は、ワーテルローに定まったわ。メモの場所を行ってからね」

ようやく、次の行動が見えてきた。

「どうして、そういえる？」

俺は聞いた。しつこいと思うが、この感覚にはついていけない。

「だって、古地図に現代紙。ものの順番として、更新されているのはどっちよ」

そうだな。古地図で話が済めば、現代にメモは要らないわけだ。

つまり、メモさえあれば宝探しはできる。

「確かにな。で、ワーテルローの丘は、どこにある？『幻の英雄の丘』はどこにある」

「・・・行かないとどうともわからない」

彼女もわからないようだ。そういう、いい伝えもないようだ。

肝心な丘の位置が特定しきれていない以上、地図の謎が解けたとは言い難い。この謎は、じっくり解明していこうと思う。

ただ俺はまだ、バルサーモの言っていた『天下の山師』という言葉が気になった。これも、今回の霊薬伝説に、何か、かかわりがあるのでは？

「それで、奴の言っていた『天下の山師』ってなんだ？」

俺が問うと、意外な言葉が返ってきた。

「ジュゼッペ・バルサーモって人物がいたわ。ヨーロッパの詐欺師の代名詞よ」

なんと、あのバルサーモと同姓ではないか。

「・・・サンジェルマン伯爵に近い人物よ。カリオストロ伯爵を自称して各国の貴族をだまし、錬金術で大儲けを企んだ、歴史上の山師」

奴はさしずめ、『カリオストロ伯爵ジュニア』ということか。自称伯爵で、威張り散らすとはつくづく、おめでたい奴だ。

『自称カリオストロ伯爵』はシチリア島の出身。どうやら、ヴェルサイユで、サンジェルマン伯爵に入門したようね」

なるほど、サンジェルマン伯爵は、バルサーモの先生にあたるわけか。たしか、ナポレオンの霊薬は、サンジェルマン伯爵が作ったのだった。どうりでバルサーモが、その在り処を捜すわけだ。

残念ながら、サンジェルマン伯爵オタクの老人は、サンジェルマン伯爵の弟子の末裔に騙されていたのだ。

どうせ、あの文献でハッタリをかまして、胡散臭い商売を始めるつもりだろう。

いろいろ思案しているうちに、日が暮れた。移動は明日にした。

「もう夕暮れだ。今日は潮時だな」

しょうがないので、近くのイタリアン・レストランで、夕食をとることにした。

夜は夜で、ぐっと雰囲気が変わる。町は、お色直ししたかのように、電飾に包まれる。

「ローマ中心部のトレヴィに、良い店があるわよ」

ローマには本場、イタリア料理の高級店が多い。

歩いていく場所に見る観光地があり、歩く場所に三ツ星レストランがある、という感じなのだ。観光客の興味ある物が、ぐっと凝縮されている。

ここローマには、コロッセオなどの、古代ローマ遺跡が保存されている『永遠の都』で、ヨーロッパでも有数の観光都市となっている。

ただし、他の首都のような高層ビル群は見られない。

むしろ、観光業・・・とりわけ、グルメが産業の主体である。

老舗の料理店なら山のようにある。

スパゲティやピザだけではない。レシピだけでいえば、生ハムやソーセージのアンティパスティ、シーザーサラダにリゾット、さらには各種デザートなど、枚挙にいとまがない。

まず、ローマ中心部を観光してから、その最寄りにある適当な料理店で、食事をとることにした。

「それにしても、ローマは道が狭い！」

日本でいう地方都市のそれである。というのは、パリのように改造を受けていないローマの道路は、昔ながら狭い。

渋滞に巻き込まれて苦虫を潰す。

「あれは、コロッセオか？」

古代の円形闘技場（アンフィテアトルム）が見える。

「イタリアでは、アンフィテアトロ・フラヴィオといいます」

コロッセオは、近くに建設されたコンスタンティヌス帝の巨像（現存せず）に因んで、つけられた愛称である。日本でいえば、『後楽園』の近くにある『後楽園ドーム』といった程度の命名だ。

「ああ、凱旋門もある」

無論、『本家』凱旋門である。パリの凱旋門は、ローマにあやかったに過ぎない。

「コンスタンティヌスの凱旋門（アルコ）よ」

ローマ皇帝の凱旋を記念して作られた。

しばらく走ると、もう一つの凱旋門を、建物の合間から目にする。

「こっちはセプティミウス・セウェルスの凱旋門よ。こうした門はローマに、いくつも残されているの」

これらのランドマークは、首都中枢地区にあるフォロ・ロマーノとよばれるローマ遺跡に集中している。

東京など、他国の首都と異なるローマの特徴は、首都そのものが歴史遺産を形成している部分にある。

「あそこの店に入りましょ」

イタリア料理店がある。というより、本場の料理店といった方が妥当だろう。

「ブォン・ジョールノ！」

陽気な店員による、来客への挨拶が、特徴となっている。

「なんだこれ、今度は、イタリア語のメニューかよ！」

渡されたメニューを読んで驚いたが、幸いなことに、そのメニューは『ローマ字読み』で読めてしまった。

ピッツァやサラダ、パスタなどは、勉強しなくても読めてしまう。

「なるほど、ここは本場というわけだ」

日本で使われる、横文字料理名そのままのローマ字読みで、

「マカロニサラダ、パスタ・カルボナーラ、あとジェラート！」

と注文したら、そのまま通じた。ジョゼフィーヌは、他にもデザートを注文している。

「グラッツィエ（ありがとうございます）」

店員は下がった。

この建物、店員の店先案内によれば、ローマ時代から続く、老舗の料理店らしい。

最初、俺は観光気分で、ジョゼフィーヌと『ローマ風』の優雅な会話をしていたが、だんだんと、話が現実の話題に、それていった。

当然、俺が解読を試みた『かぐや姫』のメッセージにも触れた。

「月に帰った・・・というくだりが意味深ね」

俺がローマに来た、いきさつも一通り話した。すると、

「つまり、ローマの伝説とかぐや姫に共通点を見出したわけね」

伝説次いでに、ジョゼフィーヌも語りだした。

「ローマの成り立ちは、月や狼と深いかかわりを持っているの」

ローマには建国神話がある。狼たちに育てられたロムルス・レムス兄弟が王を倒して、ローマという都市国家を建設したという。

「月神も信仰されていたわ」

ロムルスが建設した都市ローマで、月は神秘的なものとして信仰され、『満月と人狼』の伝説も紹介された。

「つまり・・・このメッセージは、間違いなくローマを指しているわ」

ここで料理が運ばれてきた。ローマ名産のワインもついてくる。

ジョゼフィーヌは、デザートとして頼んだジェラートを一口ほおばると、

「明日は仕切り直しましょう」

といった。

俺の注文したパスタは、文字通り自家製のカルボナーラ(炭焼き)で、中でも産地直送の新鮮なチーズと黒コショウ、一カ月熟成済みのグアンチャーレが、口当たりをまろやかなに仕上げ、味わいのハーモニーを演出している。

「このジェラート・・・濃厚なチョコに、フィレンツェ特産のオレンジピールが、贅沢に使われているわ」

店主のこだわりは、ジェラートの本場、フィレンツェ産の旬にあった素材を厳選し、コーンまで、注文後に焼くほどである。

「そういえば、この後はどうするのだ?」

俺はパスタを完食したので訊いてみる。

「ねえ、ついているわよ。口に・・・」

目の前に居る、ヨーロッパ美人女性に指摘され、このときばかりは赤面せざるを得なかった。

俺が、顔をナプキンで拭いたあと、彼女は答えてくれた。

「そうね・・・今夜は、ホテルに一泊しましょう」

俺はドキッとした。これで、彼女とまさか

の・・・。

「食事は一緒よん」

“ん”とついてくる。フランス語の独特な訛りか。でも、つかないより、なんか、かわいい。

ホテルは近かった。ローマ五本指に入るほどの名老舗というべき高級ホテル『アルテミデ』である。

「ここは・・・」

俺は正面外観（ファサード）を前に呆然と立ち尽くす。

「私が“”いつも”泊まっているホテルよ。お気に召さないかしら?」

「あ・・・いえ、その」

俺は生まれて、この方、一度も泊まったことがないほどの高級ホテルだ。パリもすごかったが、ここもすごい。どれだけすごいといえば、言葉にできないほど、すごい。すごい、といえばすごい。これ以外の表現はない。次元が違うのだ。

部屋は予約済みだったので、チェックインを済ませ、俺はしばらく身の回りの整理をしていた。

セレブかV・I・Pと呼ばれるぐらい高貴な人々の為に作られた、といっても過言ではない内装だ。ソファーは本物の革製で作られている。

ダイニングに戻ると、机上に、カップラーメンとフランスパンのディップサンドイッチが置かれている。宮殿のようなホテルで食べるB級グルメ。頭が、くらっとしそうだ。

「さっき、下のコンビニで買ってきたの」

ヨーロッパにも日本製のカップラーメンが輸出されているそうで、ここでも人気の『日本料理』になっている。二次会だ。

「日本製だったっけ。あたしも好きよん」

俺は『十分前から』お湯が注がれて、放置されているカップ麺を眺めている。すると彼女が来た。

「その麺・・・伸びきってないか?」

俺はそう思った。彼女はパスタ用のフォークですすりだす。

「え?おいしいじゃない。好きよ、こういう柔らかい麺は」

気に入っているそうだ。ところで、欧米人は時間に対して、おおらかだと聞いたことがある。三分だろうが十分だろうが、そんなに変わらないのだ。

「ん〜。美味いのかな・・・」

俺の感覚では、ちょっと遠慮したい。彼女は喜んで答えた。

「これは私の大好物、チキン・テリヤキよ!」

こんなに無邪気な彼女を、俺は見たことがなかった。

俺は唖然としている。その顔を見ると、彼女はいぶかる。

「何、意外そうな顔しているの?あ、グルメは、唯一の趣味なのよ!」

顔を赤らめている。こうしてみると、かわいい。

「パスカル曰く、人間の本性は、不確実で怠惰(アンニュイ)、おまけに、気晴らしが大好きなの!私だって人間よ」

たとえが大げさな気がするが・・・

「それで、『サンジェルマン・プロジェクト』の謎は、解けたのか?」

俺は聞いてみた。

「歴史的な切り口で、見てみたいだけさ」

「薬の話はあなたの仕事のはずよ。ま、私も収穫があったけど」

身を乗り出して聞く。

「あの『ナポレオンの霊薬伝説』は、でっち上げのホラ話だったわ」

意外な話だ。さっきまで彼女が熱中していた話題だと思っていたが。

「サンジェルマン伯爵についての文献が見つかったのだけれど、彼は1784年に、オストプロイセンのゴットルプで死去したそうよ」

つまり、ナポレオンに仕えて、霊薬を作れるわけがない、ということだ。

「どうやら、雲行きが怪しくなったようだ」

俺はそう直感した。


俺が、ぼんやりと考え事をしているうちに、時刻もすっかり零時を回り、午前様となった。俺が手持無沙汰になると、かならず過去のトラウマを思い出してしまう。俺も人間だ。

「今の俺の状態を言い表すなら、呆然自失ってやつかな・・・」

一人言をぽつりいう。

「一年前からずっと、俺は窓際を呆然とさまよっていた」

だが、当時の俺に唯一考えがあったとすれば、『かぐや』惨敗の真相を突き止めようとしたことだ。

彼女といる時は、必ず騒乱の中だ。だが、今日は違う。観光客と間違いそうな雰囲気だ。この部屋といい、彼女といい、生まれてこの方、合ったことのない状況だ。

「男と一緒に泊まっていいのかな」

ここはツインベッドで二人部屋だ。

「そういえば、一緒に泊まりたいと言った時、拒絶していたな。今ならいいのか？」

俺は理解できなかった。彼女の貞操で、男とは泊まらないのじゃないのか、そう思った。でも、あっけなく泊まった。リヨンとは違う。

俺はワインを飲みながら思う。

「これも違うな。いつも、俺が飲んでいる安物ワインとは・・・」

すると、向こうの方から水の音が聞こえた。フロアぶち抜きのようなロイヤルだ。風呂場も遠い。

「これが、ヨーロッパの贅沢か」

ジョゼフィーヌがシャワーを浴びているのか。俺は信用されているのか。

「ムッシュ。シャワーでもいかが？」

バスローブを着て、俺の前に表れた。

「お、おい・・・」

俺も三五歳、それなりに耐性があるだろうが、これは負けそうだ。

バスローブから、豊かな胸の谷間が見える。短めのバスローブからも、スレンダーな脚が見える。歩くたびに、女豹が獲物を狙うように交差する。

「・・・やばい・・・」

まあ、期待はできないが、目の前の状況は刺激が強すぎる。

「ムッシュ、いかがしたの」

つぶらな青い瞳が覗き込む。このように、お膳立てられていても、手を出せないのがもどかしい。

「ああ、そうだね。後で入るよ・・・」

「お疲れでしょ。いいの？」

彼女には何の意識もないようだ。

「・・・あ、あの件、調べてから入るから・・・先に寝ていてよ」

俺は結局、ジョゼフィーヌに触れることもなかった。

「彼女だって、そういう気がないと思うしな・・・」

俺はベランダに出て、空気を吸った。夜のローマの街並みがある。さすが、ロイヤルだけに、ベランダは広く、ちょっとした中庭みたいなものだ。おしゃれな机と椅子、日よけがあった。

そこから見る光景も、とても神秘的だった。明かりに浮かぶ古い建物も、東洋の外国人である俺にはすべてが神秘的だ。

「これがローマの匂いか・・・」

俺は冷静になった。

「これからも、一緒に戦って、もらわないといけない・・・」

ジョゼフィーヌに持った気持ちをあえて否定する。

「明日も頑張らなきゃ」

そう言って部屋に入った。

こうしてローマ市内のホテルで一泊し、探索二日目に入った。

もう一度、図書館を回ることにした。一日目に心残りとなった、幾つかの点を、図書館再訪の中で確かめていった。ここを去る前に、もう一度探しておくのだ。

「どこの図書館にもなかったぞ。一体、どうなってるんだ！」

町中を練り歩き、考え事をしているうちに疲れ果てた。ローマの大小すべての図書館を訪れたが、今まで以上に、何もなかった。

俺は、地図を地面にたたきつけた。

するとイタリア語のシャンソンが聞こえてくる。

「聖なるローマよ！月桂樹永久に朽ちぬ、カピトリヌスの丘に立つ。

これぞ我らの強さと誇り。歌声は高く響くのだ・・・」

一九一八年にローマ市長からの依頼で、プッチーニが作曲した『ローマ賛歌』という曲である。『蝶々夫人』などオペラで有名な彼晩年の作品である。

「これって古代ローマへの憧れを歌った曲なの」

しかし、どうして、このローマ賛歌が、唐突に流れるのだろうか。

ふと周囲を見渡すと、いつの間にか見知らぬ広場に立っていた。

無意識のうちに、たどり着いたことになる。眼前にはヴィットーリオ・エマヌエーレ二世記念堂が建っている。この広場を中心として、白亜のイタリア国会議事堂や隣接する教会堂・・・世界最大級のローマ遺跡、フォロ・ロマーノとコロッセオ、凱旋門などに象徴される、イタリアの有名建築の多くが密集している。

「イタリア統一を成し遂げた、国王ヴィットーリオ・エマヌエーレ二世の霊廟として有名なローマのランドマークよ」

上部には、勝利の女神ヴィクトリアが、中央に国王の銅像が据えられている。この白亜のモニュメントは新古典主義の建築として、周囲の古典建築とは一線を画すようだ。

この建物を横目に眺めながら、坂道を上って、広場のある高台へ出る。

「うん・・・すると、ここはローマのどのあたりだ？」

Capitolinoという標識がある。

「キャピトル、キャピトリーノってことは、ここが？」

英語などでよく『首都』の意で使われる、このキャピタルの綴りは、古代ローマの首都であった、ローマにあるカンピドリオの綴りが、訛ったものである。観光ガイドを見ると、『タブラリウム』という古代図書館の遺跡があるらしい。

「ここよ・・・―カピトリーノの丘」

目の前に、ローマ市庁舎とその広場がある。

俺はこの地区が、文字通りローマの歴史的中心地であると悟った。

「キャピトルは確かに首都ローマを示していた。でも、その語源こそが、このカピトリーノだった」

ローマ七丘の一つ、カンピドリオの丘にそびえる市庁舎の奥に、ローマの最高神、ユーピテルとユノー、ミネルウァ三柱の神殿が見え、その傍らには、古びた二階建ての「図書館」があった。それにつながるカピトリーノ美術館に入館する。

入館すると、この美術館の展覧会に関係して“ジュゼッペ・ブオナパルテ”の肖像が飾られている。

彼こそは、ナポレオンの弟にしてナポリ王であった、ジョゼフ・ボナパルト、その人である。

今回の展示会は『イタリア遠征とブオナパルテ』と題されている。「こんなところにも、ナポレオンの親族が？」

歴史に疎い俺は尋ねる。

「彼は、ナポリ王“ジョゼッペ”にして、スペイン王“ホセ”として南欧一帯を支配していたのよ」

ローマ皇帝が着たという上着トガを着用し、月桂冠を載せた『皇帝』ナポレオンの像が、大扉の前に鎮座している。

「ナポレオンが、教会勢力に敵視された理由は、彼が教皇の権威や古代ローマ帝国の威厳を笠に着て、欧州征服を企んだからだ、ともいわれるわ」

その大扉は、通路に屋外展示場に繋がっていた。

日本では、あまり知られていないが、ナポレオンによって、ドイツやイタリアで群立する数百の諸侯が、衛星国として併合された。これが後に、近代国家としての独伊を、形作るきっかけの一つとなった。

「この先に目的地があるはずよ」

俺たちは長い屋外通路を抜け、ようやく、その「図書館」の入口のそばまで駆けつける。

「これはタブラリウム、紀元前七十八年創設の古代ローマ図書館よ」

古代ローマと近代フランス、いったい何の関係があるのだろうか。

「タブラリウムはローマの首都（キャピタル）にあって、カピドリオ（キャピタル）の丘に、そびえる古代ローマの図書館よ」

外装はコリント式の柱が並び、ローマン・コンクリートによって補強されている。玄関には、ローマ神話をモチーフに作られた、ドーリアの大理石像が並んでいる。その中には、前述した月神の像もある。

「このタブラリウムが建つ前は、神殿だったの」

建物内部には、古代ローマ時代の政治文書や公式文書が多数保存されている。この図書館のある高台から見渡すと、正面には同じくローマ遺跡である、マルケルス劇場の遺構が確認できる。

資料室の中に入ってみると、一枚の図が貼り付けられていた。

「なんだこれは・・・?見慣れない形の元素表だな」

現代のものではない。俺には、おかしな表としか思えなかった。

「まさか、この元素表・・・意図的に、編集されているのでは・・・?」

俺は疑ってみた。

「この歴史文献、みたことある」

ジョゼフィーヌは知っていそうだった。彼女によれば、これは「純物質表」と題されたフランス科学書の抜粋だ。化学の範疇ながら、歴史に触れると無理だった。俺は純粋に最先端化学の権威だ。少しでも後退できはしない。皮肉だ。


ルミエール、カロリクなどという、見慣れない物質名が、簡単な解説とともに羅列掲載された、『元素表』だ。おそらく、現在の周期表が作られる前の文書だろう。内容を見ると、

Oxygene:酸を産むもの
Azote:この中に、生物を入れると窒息する
Olefin:二重結合を含む、最も単純な有機化合物
Radical muriatique:色がついている
Or:国王の装飾品

となっていた。彼女は、ここまで読んで確信したようで、

「そう、これはラヴォアジェ!史上最後のフランスの錬金術師よ」

と小声で叫んだ。

質量保存の法則で有名な彼である。徴税吏であったために、フランス革命時にギロチンで処刑された。これは、その化学に関する著書である。壁に貼られた、その紙を剥がしてみた。

出てきたのは、ローマ時代の壁に彫られた石版である。

「どうなるか知りたければ、どうであったかを考えなければならない」

とラテン語で彫りつけられている。温故知新のことだ。貼られた、その紙を念のため、回収した。

「・・・つまり、歴史文献をあたれ、っていう意味でしょうね。これ以上、謎を解きたければ」

俺が玄関から出ると、騎馬警察官（カラビニエリ）たちが、俺たちの前に現れた。彼らは、治安維持と財産の保護を任務としている。しばしば、ローマやミラノといった大都市を巡回している。

「文化財の盗難があったと、通報がありました。怪しい者はいませんでしたか？」

俺たちは意味も分からず、首を振る。だが、何が盗まれたか、興味があったので訊いてみた。

「なにが盗まれたのですか？」

「古代ローマの不死薬についての古書物です。通報者によれば、その手がかりは『古の元素表』にあるらしいと・・・」

詳しく話を聞くと、その古書物は、なぜか、いつも灯油に保存されていたそうだ。

「もともと、ローマの歴史博物館で、調査される予定でしたが・・・」

歯切れの悪い言い方に聞こえる。

「調査予定時間の直前に、盗難された模様です」

一通り話し終えると、騎馬警官たちは走り去ろうとする。

「ちょっと待ってください！」

ジョゼフィーヌが呼び止める。

「通報者は誰ですか？」

どうしても質問したかったと見える。

「ナポレオン七世なる人物です！」

この警官たちが馬に鞭打つと、颯爽と広場をかけ去ってしまった。

彼らカラビニエリの任務として、文化財の保護も存在する。

「ところで、これ・・・」

俺たちが、先ほど回収した表を見直すと、不可解な暗号が見つかった。

” 古に学び、頭文字を並べよ

W Nitrogen T Olefin Chloride L Gold Oxygen,”

「意味が分からないわ」

このまま頭文字を取っても「WNTOCLGO」となり、意味をなさない。この文字列を今後、暗号Xと呼ぶ。

「まず、古に学ぶとは？」

俺は、さり気に彼女へ尋ねる。

「さっきの石板には、『どうであったかを考えなければ』とあった」

まず、この表が作られた時期は、錬金術末期の十九世紀初頭である。この表自体が古文書である。

Oxygene：酸を産むもの

Azote：この中に、生物を入れると窒息する

Olefin：二重結合を含む、最も単純な有機化合物

Radical muriatique：色がついている
Or：国王の装飾品

この表を今後、表Yと呼ぶ。

「とりあえず、表面に戻ろう。何かヒントが、あるかもしれない」

表面には元素の古名らしき単語が、縦に羅列されいた。

「この文書自体はレプリカね。紙質が新しい」

彼女は手で、紙の感触を確かめた。印刷紙である。

「それに私、ホンモノを見たことがあるけど、このレプリカは、意図的に編集されている」

彼女は、錬金術といった中世学問の研究にあたって、実物を見たことがあるという。

「意図的なら、この面に書かれている内容そのものが、手掛かりになるかもしれないと？」

俺は相づちを打つ。

「まずは、古名の正体を、はっきりさせることね」

Oxygene—酸を産むもの
「これは簡単ね・・・酸素よ」

オキシゲンのオキシは、酸を意味し、ゲンは源を意味する。

「つぎはAzoteなんだけど・・・」

次は俺が答えてみる。

「これも現代フランス語で、窒素を意味していたかな」

なんだ、簡単じゃないか？

「Orも同じね。金を意味する基本単語だから」

フランス語は多少わかる。秋津洲製薬の取引先には、ソナフィー社などのフランス企業が含まれている関係で、勉強させられた。ソナフィー社は、ライバルでもあるが、大切な取引先でもある。

「古に学び、ってことは・・・これら元素の古名を表から探せばいいんだ」

例えば、暗号Xの文字列に含まれる窒素（Nitrogen）は、Azote、金（Gold）はOr、という風に置き換える。

まず俺たちは、暗号の文字列にもある、オレフィンの正体について考え始める。

「そもそも、前者のオレフィン自体がアルケンの別名だろ?」

とりあえず、オレフィンをアルカンに書き換えよう。

「ちょっと待って。私も学校で習ったけど、『最も単純な』アルカンはエチレンでしょ?」

エチレンの頭文字はEだ。

「ラディカル・ムリアティクっていうのは?」

これは一見すると、わからない。

「色がついているって説明されているが、ほぼノーヒントだ」

「ムリアティクって何?」

直訳すれば「塩の」という意味だ。

「塩とつくならば、あとは色のついた『塩』を探そう」

色のついた化学における塩（えん）なら・・・

「硫酸銅か?」

俺は答えを出してみた。

「待って、ラディカルは根本や源を意味する、ってことは『塩の根本』となる物質で、なおかつ、色がついている物質は、塩素になるわ」

これまでの作業の結果、暗号Xは
W Azote T Etylene Radical muriatique L Or

Oxygeneとなる。
これらの頭文字をとると、
WATERLOO
という地名を読むことができる。
「答えはワーテルローよ。ナポレオン最後の決戦場よ！」
日本でいえば、関ヶ原の戦いに当たるだろう。彼の「百日天下」は、このワーテルローの敗退によって、終焉を迎えたのである。

次の行き先は炙り出された。

ワーテルローにある『幻の丘』だ。

「一八一五年、ワーテルローの決戦は、ある丘を中心に戦われたの」

モン＝サン＝ジャンの丘が主戦場となった。

「幻の丘って言っていたよね」

俺たちには手がかりがない。なんせ、本物の地図を奪われたのだから。

「本物と照らし合わせれば、いいのだけれど・・・バルサーモにたたられるわ」

本物の財宝地図は、あいつの手にわたっている。

「ワーテルローの地図には、たくさん丘がある」

結局、結論は出なかった。


「一つだけ言える。ワーテルローにあるのだ」

俺はそういう結論にした。

「とにかく、ワーテルローへ行くわよ！」

ジョゼフィーヌも、確信めいた顔をしている。

「どうやって？ベルギーは遠いから、飛行機を使おう」

俺は、日本の常識で考えたことを後悔することになる。

「ノンノン。ここはヨーロッパよ。国際列車を使うのよ！」

彼女に説明によれば、TGVを利用して二本の列車を乗り継ぐ。最初の列車はイタリアのミラノ・ポルタ・ガリバルディ駅からフランス・パリ行のTGVを利用し、リヨンからLGV南東線を経由してパリ・リヨン駅に到着する。彼女は接続列車を待つ間、パリにある聖堂を訪れたいと語った。その接続列車とは、LGV北線のパリ北駅（パリ・リヨン駅とは異なる）からリール・ウロップ駅（フランス）を経由して、終点ブリュッセル南駅（ベルギー）に終着する。

「それじゃあ、まずローマから、ミラノ行の列車に乗るわよ」

俺たちは、中心部にあるテルミニ駅へ向かった。

駅前広場から駅舎を望むと、窓ガラスにRoma Terminiの文字が透かしで入っている。その両脇にはシネマの広告が掲げられている。映画はロマンスが多い。

このテルミニ駅は、イタリア最大の鉄道駅で、三十二のプラットフォームを擁している。日本でも、有名なイタリアの各主要都市、例えばヴェネツィアやフィレンツェ、ナポリ、ラヴェンナ、ミラノなどを結び、オーストリアの首都ウィーンや、ドイツのミュンヘン方面の国際夜間列車の発着も行われる。

ホームに『電車』が入線してきた。フランスで開発中のADVという新幹線型の高速車両だ。イタリアでは電車が、フランスでは高速機関車が主流だ。

俺たちはミラノ、パリで乗り換える。

「この列車は、ミラノ・ポルタ・ガリバルディ行、トレニタリア・フレッチアロッサ号でございます・・・まもなく発車します」

車内放送が流れる。

「パリ・リヨン行のTGVは、お乗り換えです」

走り出して二時間ほどでミラノに着く。ここはフランス国鉄との接続駅となっている。

乗り換えのために一旦降車する。切符は、ブリュッセルまでの分だから、改札を出る必要はない。

「TGV、パリ・リヨン行はE番線から・・・」

この駅では、イタリア語、英語、フランス語の順に放送される。

リヨンを経由して、パリに向かう。

パリに着いては、また、乗り換える必要がある。

「ブリュッセル南駅にお越しの方は、接続列車をご利用ください」

今、三本の列車で二つの国境を越え、三国を跨いだ。

日本では、考えられない交通事情だ。

「ガール・ド・ブリュッセル＝ミディ（仏語）、スタティオン・ブリュッセル＝ザユド（蘭語）、ご乗車ありがとうございました」

俺たちは今、ベルギーの首都・ブリュッセルに降り立ったのだ。

そういえば、ベルギーといえば、『猫』のマスコットが有名である。

「ベルギーって、猫が人気だよな」

俺は言った。たとえば、イーペルの猫祭りとか、ブリュッセルの猫ブームが有名だ。

「歴史的な事情から・・・黒猫を敬愛しているのよ」

ジョゼフィーヌは、何か意味深に話してくれた。

「私は好きよ。家でも飼っているし」
・・・そういえば、歴史の時間で聞いたことがある。
中世のベルギーは繁華街だった。

　黒死病（ペスト）が、西欧で流行した時代、黒猫は魔女の手先と考えられて『迫害』を受けた。イーペルの猫祭りは、黒猫に関する負の歴史を、反省するためのものらしい。

石畳の駅前広場には、ＥＵ加盟国の国旗が並んでいる。

「高層ビルが少ないな」

　ベルギーの経済は、主に第三次産業・・・とりわけ観光業で支えられており、工業や製造業のオフィスは少ない。いま通り過ぎてきた、ローマやパリの様子が、ふと気になる・・・

そう、ヨーロッパの広さが、俺の肌身に染みこむが如く感じられた。


　そのころ、ローマの裏通りで、謎の人物とバルサーモが対話している。後ろ姿で顔は見えない。

「サンジェルマン先生、見たかよ、あの連中の悔しそうな顔」

「大切なものを失ったのだ。そりゃそうだろ」

「これで、俺たちは金持ちになれる。一度、あの年寄りをガツンと、やってみたかったのだ」

するとふふふと、謎の人物が笑う。

「気が晴れただろう。それでは、我々の仕事に戻りたい」

どうやら、あのバチカンの図書館で見た、化学者らしい。

「俺はこれで、先祖の秘薬を取り戻すことになった」

念願成就で、ご満悦そうだ。

「バルサーモ君。君は、私の誇る弟子だ！」

謎の人物とはサンジェルマン伯爵だ。

「ところで、君はソフォクレスの『オイディプス王』を知っているかね？」

「えっ？」

謎の人物は、ギリシア悲劇の話題を始めた。

『げに何事も、潮時が大切』

バルサーモはピンと来ない。

「先生、なんだって？」

手に拳銃が握られていた。

「冗談だろ・・・」

バルサーモは、脂汗をかいている。

「先生。俺を殺せば、謎にたどりつけねぇぜ」

「君のような愚か者は、ラーイオスやイオカステの二の舞を踏むがよい」

ラーイオスやイオカステは『オイディプス王』の登場人物で、秘密の信託を知ったがために、運命のイタズラに殺された二人の人物だ。

「せ、先生！俺はただ・・・」

発砲音は静かだった。ただ、静かにバルサーモは倒れ行く。

「貴様のような山師は、地獄（インフェルノ）にでも、落ちたまえ！」

サンジェルマン伯爵の手には、十八世紀のフランス製、マスケット拳銃が握られている。時代錯誤の骨董品という評価が相応しい。

「ふっ、これが私の家宝よ」

ベルギーは、フラマン語やフランス語を公用語とする、国際色豊かなヨーロッパの経済立国に数えられる。その中心地には、ヴィクトル・ユゴーを感嘆せしめた世界で最も美しい大広場（グラン＝プラス）があるように、景観も極めて優美である。

「ここは、パリに比べれば小さい。ただ、街はきれいだな」

道路は石畳の地区もあり、敷石の一つ一つに、悠久の歴史を感じる。

「駅前で車を借りてきます」

彼女の提案で早速、市内のレンタカーを借りた。ワーテルローまで南に一時間程度だ。

この車はドイツ車だった。ベルギー経済、文化の面では多分に隣国オランダやドイツの影響を受けているのだ。

「Bienvenu à Bruxelles!（仏）Welkom in Brussel!（蘭）」

これは「ブリュッセルへようこそ！」と書かれた駅前の看板だ。

ドイツ語に似た綴りのフラマン語と、フランス語の併記看板は、しばしば見かける。

「ああ、今日は、猫祭りの日だったのか」

街頭では、写真に見たようなオレンジや緑の猫着ぐるみを着て記念撮影をする人々が行きかう。

「みて、市庁舎が見えるわ」

中央に高くそびえるロマネスク尖塔が神々しい印象を与える。

「小パリといわれる所以は、この市庁舎にあるわ」

俺はつまらなそうに見る。風景を楽しむような心持に、なれそうもない。

「まあ、ベルギーの建築家は美にうるさいのよ。この市庁舎の非対称性に気付いた建築家は、そのために自殺したとか・・・」

いくらなんでも、それは伝説だろ、と思った。

移動はレンタカーだ。中心部から車で少し走ると、パリのものに、よく似た大聖堂が見える。

「サン・ミシェル・エ・グデュル大聖堂よ」

長い歴史上、領主領民は、フランス系とドイツ系入り混じっての、複雑な文化交流を絶やさなかった。それにフランドルの毛織物は有名だ。

そのため、ベルギーは交通と経済貿易、定期市の中心地である。

「なるほど、欧州の富が集まって、建築にも、精がでるわけだ」

そうして、車は郊外に飛ぶ。

街の中心部を離れるにつれ、歴史的建造物の数は急速に減り、しまいには草原が見えてきた。ブリュッセルの人口が、パリやロンドンに比べると少ないのを感じさせる。

その車内で雑談が続く。ただし、その内容はより現実的だった。

「不死薬には問題があるのじゃないか、って思うのだ」

俺の問題提起にジョゼフィーヌが反応する。

「なぜ?」

と反問していくる。

「たしか、サンジェルマン・プロジェクトの目的は『不死の実現』だったろ?」

彼女は化学の素人なので、頷くほかはなかった。

「『不死』は、医学的に解明されつつあるのだ。たとえば、テロメラーゼを使った『不死薬』を製造することもできる」

テロメラーゼとは、酵素の一種で、染色体を編集する道具となる。専門的にいえば、真核生物の染色体末端の特異的配列を伸張させる酵素だ。

俺は過去の記憶を遡った。俺がプロジェクトリーダーだったころは、よく最新の科学情報をチェックしていた。

「ただ、この物質を体内に投与すると、さまざまな疾患を引き起こす」

副作用の話だ。この場合、再生不良性貧血、猫鳴き症候群、先天性角化異常症といった疾患を、引き起こす可能性がある。

「だから、今のところ実用化の目途はついていない」

薬は副作用なしに語れない。人体に作用する以上、弊害を引き起こす。乱暴に『効く』ことがいい薬とは言えないのだ。薬は、麻薬と同じく、薬にもなれば、毒にもなる。ＣＭじゃないが、用法・容量を正しく守って使いましょう。つまり、『適切』に使うことが肝要だ。

「つまりサンジェルマン・プロジェクトは危険ってこと?」

俺は頷きかけたが、一言だけ言い残した。

「これは俺の憶測だ。本物を見なければ真相はわ

「でも、今の私たちは違うわ。名言通り『ただ一撃で、この戦争は終わる』気がするの」

この言葉は、アウステルリッツ三帝会戦時にナポレオンが用いた名言だ。

「ふうん、そう思う？」

俺は聞き返した。

「なんとなくね。でも、どんどん真実に近づいている気がするの」

「あと何分でワーテルローにつくのだ？」

俺は尋ねた。

「二十分以内よ」


からない」

車はさらに南へ、南へと進む。

「グルーシー将軍をご存知？」

今度は、彼女から話題を切り出してきた。お互いが、お互いの領域で話をしようとする。ある意味、このかみ合わせは芸術的ともいえる。

歴史に疎い俺は、いつものごとく首を振る。

「世界史では、ワーテルローの決戦で迷走した挙句、ナポレオンが敗北する要因を作った愚将、と酷評されているの」

俺はあとの言葉を待った。

「ナポレオンはワーテルローに陣取り、グルーシーはその東にいた。つまり、ちょうど、この辺りで迷走していたとか」

彼女は、何か意図を持っているのだろう。

ボナパルトの追憶

―最も大きな危険は、勝利の瞬間にある。

ナポレオン・ボナパルト、フランス

ワーテルローについた。この歴史的『であった』街は、現在では何もない、変哲のない街だ。

俺たちは車を降りた。真冬の空気が肌を刺す。ベルギーの空気は日本と違い乾燥していない。暖流の影響だろうか、それとも低地だからだろうか。南のローマに比べれば、季節が変わった感すら感じる。

駅前は、それ自身が歴史だ。白い壁、石畳、それ自体が古いヨーロッパを主張する。変哲もない街並みは、ヨーロッパの昔の顔をしていた。

「ムッシュ。問題なさそうですわよ」

隣のジョゼを見た。この歴史教授は本当に教授なのだろうか。これもまた謎の一つだ。学者の探求心を超えている。それに、消された履歴。これでは諜報員ではないか。

「ナポレオン7世を巻いただろうか」

俺は彼の動向が気になった。今まで彼は、的確に俺たちを追ってきている。何のためだ? わからない。しかし、確実なのは、彼は俺たちを、真相に導こうとしているのだ。サンジェルマン伯爵の影を追うレオポールよりも、先にたどり着け、と言っている。

「おそらく、先回りしているだろう」

この街は重い口を開け、全てを語りだす事だろう。石畳の道を研究所の場所まで歩く。隣をフォルクスワーゲンが通る。頭上に街並みが覆いかぶ

さる。まるで自分自身が歴史に取り込まれそうだ・・・

ワーテルロー。

俺は歴史のはざまに、はまり込んだ。

ナポレオン戦争・・・ワーテルローの激戦は筆舌に絶する。二百年前の草原に対峙する大軍、整列された縦横の戦列歩兵・・・

砲兵隊時代からの愛馬に乗ったナポレオンが、眼前に広がる丘陵に向かって、望遠鏡をのぞく。

「前へ、進め！」

将軍らの合図で、七万を超えるフランスの兵隊が、整然と前進を開始する。丘陵上にはイギリス軍、七万名の陣地が待ち伏せており、騎兵や大砲がフランス軍を攻撃する。

「皇帝親衛隊は前進だ！擲弾兵連隊も、これに続くのだ」

ナポレオンが直々に指示を出す。すると兵士らは、皇帝万歳（ヴィヴ・ランペルール）を叫ぶ。

「ご覧ください、ネイの胸甲騎兵連隊が、突撃します！」

ナポレオンの参謀長、スールト元帥が戦場を指さす。

「主戦場はサン＝モン＝ジャンだ！」

双方の騎兵隊が、それぞれの陣地側面を奇襲するのに合わせて、遭遇した歩兵隊も一斉射を加える。

「En joue, feu!（仏：構え、撃て！）」

「Aim, fire!（英：構え、撃て！）」

乱戦となった丘の頂上付近では、両軍の合図が入り乱れている。

青空は硝煙に覆われ、戦場のいたるところで轟音がとどろく！


「ムッシュ！ムッシュ！」

(なんだ、この声は・・・)

「ムッシュ！」

ジョゼが覗き込んでいる。

「どうしたの」

この場合、この日本語が、周りと不協和音を起こしている。優しくもありながら、浮き出した存在。

「俺は・・・」

どうやら、俺の頭が、歴史とシンクロしていたらしい。ワーテルローの戦いのシーンが頭の中で反響して、現実と区別できなくなったのだ。

「いや、なんでもない・・・」

平静を装っているが、脂汗をかいていた。冷静に見れば、ここは現実の世界だ。

彼女の胸のロザリオが光る。そういえば、P.Nのサインは何だろう。

タクシーの類を使わないのは、足をつかせないためだ。警察といいながら、我々を執拗に追い回す、あの警部につかれないためだ。その点、奴をまいたらしい。アルプス越えを飛行機でなく鉄道を使ったのは、意外なのだろう。

目的地は住所しかわからない。

「ワーテルロー、リオン（ライオン）通り252の254番地・・・ここだ」

俺は田舎には不似合いの、違和感のする大きな建物を見た。近代的な大きな鉄筋コンクリートの建物だ。

「本当にここなのか。ワーテルローパノラマ館」

それはそうだ。〝ナポレオンの謎〟という歴史の手がかりが、近代的な鉄筋コンクリの建物なのだ。俺は思った、この話、歴史と化学が妙に交差するのだ。。化学を探しに来たら、歴史にたどり着いた。

ここはワーテルロー博物館だ。

国立フランス歴史博物館（スービーズ館）と比べ、あまり大きいとはいえないが、展示物には一時代の戦場が凝縮されていた。俺たちはひとまず、この博物館を回った。

ただ、何となく。ここに秘密があるというのか。

コツ
コツ
殆ど無人の博物館に靴音がする。

エルンストが、俺たちの方に向かってきた。

「これは、ローマ以来ですな」

相変わらずベルギーなまりのフランス語だ。この老人には、意外と似あっている。

「あなた、生きていたのですか」

従事に裏切られ、この人の命はないと思っていた。そんな俺の心配を知ってか知らずか、老人は進める。なぜか、バルサーモの姿はない。当然か。裏切られたのだから。

「ナポレオン。フランスの英雄ですが、ここに、彼の転落があった」

「エルンスト、あなたは・・・」

彼女は意外すぎる人物が登場して、彼女の猜疑心もマックスになった。

「気になるのは、バルサーモのことだろ。彼は主を裏切った。彼には相当なペナルティーを科した。私は彼を切ったのだ」

釈然としないが、逃げてきたのか。

「逃げられたのですね」

俺は言った。

「そうです。詐欺師など、私に敵うわけがない。それはそうと、謎はいかがです。ここで、あなた方とあったということは、おなじ結論となったのじゃろ。どうやら、謎は、一つだったようですな」

歴史好きの老人は、同じ結論になったようだ。俺たちの思惑もそっちのけで、言葉を続ける。

「歴史で追及したあなたと、化学で追及した私たちが、同じ結論とは・・・」

俺も感心した。

「いやいや・・・」

その年季の入った、彫の深い顔を振った。

「この博物館が、ここにある理由をご存知ですかな」

この老人が言うことの意味が、分からなかった。

「博物館でしょ・・・」

どう考えてもわからない。それより、エルンストが、なんでこんな質問をするのか、俺は、はかりかねた。

「いえ。博物館というのはカモフラージュで、ここには、もう一つの秘密があるのです」

といって、俺たちを敷地の裏手に連れていった。

「ここです・・・」

とエルンストが指し示すのでみると、そこは古ぼけたラボらしい、コンクリ製の建物だった。

「これが、あなた方の、お探しの薬学者の研究所です」

俺は、はっと見直した。え？これが？

「国家が探すほどの不死の秘薬・・・表だって、

研究すると思いますか?」

たしかにエルンストがいうのも、もっともだ。我々は、いやというほど、その干渉を味わってきたのだ。

「あなたは、わかったのか?いたのでしょ、ここに」

研究者魂に火が付く。俺たちが、探し求めた秘薬の謎が目の前に。レオポールは、ここにいる。

「残念ながら、私には科学はわかりません。それであなたを待っていたのです。私は知りたくても知識がない。さあ、入って・・・」

にこやかな老人は、そう催促した。鍵が開いていた。俺たちは中に入った。

「おそらく、この部屋は、長い間、使っていないだろうな・・・」

ひとまず、周りを見回した。そうだな、人が使っていないだろう、と思って机の上を見た。無造作に置かれた書類に、コーヒーを飲んだであろうコップ、そして灰皿・・・

「!」

俺は驚いた。

「すぐに、出るんだ!」

「え?どうして?」

ジョゼフィーヌは、何が起こったのか、理解できない。

「とにかく、早く!」

すると、入口付近のドアから、金属音が聞こえた。

「しまった!」

戸惑うジョゼフィーヌ。

「いったいどうしたの?」

「タバコはまだ、煙が出ていた。さっきまでいた、ということだ。つまり、俺たちが来たことで、姿を変えたのだ！」

「それって・・・」

　俺たちはやっと気づいた。エルンストが、あのレオポールなのだ。

「ここをあけろ！レオポール！お前を追ってきたのだ」

「…何のことか、わかりませんが、無事に出られたら会いましょう」

エルンストは去ろうと、背を向けた。

「教えろ！あんたはここにいた。地図も、あんたが持っている。では、なんで、宝を先に探さない？」

探し当てていたなら、もう、ここには用はないはずだ。

俺が言うと、気づいたように振り向く。

「ワシと同じ宝を狙う者を始末しないと、気が、しんどいのでね」

といって、向こうへ行ったようだ。


「あまりに疑っていなかった。でも、あの時の言葉、『化学』がわからないわけがない。なんで気づかなかったのだ！」

俺は悔やんだ。

「ムッシュ、どういうこと？」

ジョゼフィーヌが聞く。

「はっきりおかしなことを言ったのだ。城であったとき、ナポレオンの死因について、彼が語った時だ。“Magen（胃）に Geschwür(癌)ができていたのだ。癌の erkrankte Personen（患者）さ。”と言ったのだ」

「確かにドイツ語ね。ただ、ベルギー訛りの彼なら、ベルギーでドイツ語を、習ったのかもしれないわ。ベルギーの公用語はフランス語、フラマン語、ドイツ語よ」

「ちがうのだ。患者はドイツ語でGeduldig（ゲデュルリッヒ）で、クランケは医学用語だ。〝クランケ〟は、日本でも、医学用語になっている」

エルンストは、いきなり、医学用語を言っていたことになる。彼は歴史の専門家で、理系は素人と言っていたのだ。まして、化学者でも、レオポールは製薬の研究者で、医学を知らないはずがない。薬は医学にも通じている。まさに馬脚を現した、というべきだろう。

それに彼がベルギー訛りってことは、ドイツに程近い、ベルギーの人間である可能性もある。

「つまり・・・」

「彼は少なくとも理系だ！理系が素人なんて嘘だ。専門家なのだ。何てことだ！彼は化学者のレオポールなのだ！ライプツィヒの化学者だからだ！」

なんと、目の前に、レオポールがずっといたのだ。歴史オタクという部分ばかり見て、化学者でないと決めつけていた。なぜ、気づかなかったのだ。疑っていれば、エルンストの、あの言葉で気づいたのだ。

「閉じ込められてしまったわ。どこか出口を・・・」

ジョセフィーヌはそう言った。俺は、リビングに向かった。今、気づいたが、窓ははめ殺しで脱出に向かない。

「ムッシュ。あれは・・・」

ジョゼフィーヌが、何かを見つけた。見つけたというより、それは、みせようがしにおかれていた。見ると、ホワイトボードに机があり、その上に紙袋に入った〝なにか〟があった。覗き込むと、何かの箱と、タブレットが入っている。ＵＳＢ線が、タブレットと箱をつないでいた。

「まずいかも・・・」

俺は、これが、爆弾と直感した。

「時限爆弾なら、解体はできない」

といいつつ、じろじろ見た。映画で出てくるタイマー型なら、電気配線だ。俺の専門外だ。何か、乗り越える方法を考えるためだ。

「時限爆弾なら、火薬に信管だろ?」

その箱は透明で、中に2種類の液体と、仕切りに金属の壁になっていた。金属は溶けているようだ。

直感した。化学時限爆弾だ。おそらく液体は濃硫酸と濃硝酸だろう。濃硫酸、濃硝酸それぞれが、銅の壁を溶かしている。みるみる薄くなっていく。

「わかった!これは化学時限爆弾だ。この仕切りの金属が溶けきれば、混ざるとニトログリセリンになって、爆発する仕掛けだ」

俺は爆弾の種類を特定した。

「解除は・・・」

爆弾である以上、止めるための安全装置があるはずだ。タブレットに文字があることに気付いた。

「これを止めたければ、タブレットに答えを書き込め!そうすれば、濃硝酸に苛性ソーダ水溶液で、中和することができる」

と書いてあった。

「なんてことだ。これは化学知識がないと解けん」

俺は、エルンスト、いや、レオポールの化学知識を感じた。

「大丈夫?」

ジョゼフィーヌの心配そうな顔があった。

「大丈夫。俺も負けん！」

精一杯、やせ我慢した。実際、どんな問題が出るかわからない。出題というアイコンに触れてみた。

「ファンデルワールスの状態方程式より、定数Zk=0.375を導出せよ。また、最後の言葉をかけ」

という指示の下には、膨大なキャンバススペースが作られている。

タブレットペンが吊るされている。

「これを解け・・・という意味だろうな」

俺はたじろいだ。この式は、化学や物理の分野でも、非常に高度で難解な方程式とされているからだ。

「・・・この場のメンバーからすれば、俺にしか、できないぞ」

ぼやいたり嘆いたりしても仕方がない。

「だが・・・これって、そもそも導出できるのか？」

俺は、大学化学を一通り習ったが、ファンデルワールスの導出なんてあっただろうか？

この設問自体がダミーなのでは・・・などと、疑ってみても、何せ時間がない。俺の知識を生かして、まず一行目から書いてみる。

p=RT/(v-b)-a/v^2

dp=R/v-b*dT-RT/(v-b)^2*dv+2a/v^3*dv…

「ああ、この後どうするんだっけ？」

確か・・・温度とか圧力について考えるのか？

タイマーの時限式の爆弾と違って、残り時間がわからない。しかも、壁が溶けるスピードによるので、“大きな幅”がある。

「ムッシュ、早く！」

もう壁の残りが、紙のように薄くなっている。

これで、定数Zkを導くのに、必要な定数の一つ目を、明らかにした。

だがまだまだあるぞ・・・温度やモル体積についても同様に考えなければ・・・

Vm,c=3b
「よし、これで二つ目のモル体積だ」

俺は、彼女愛用のスマホを借りて、三次元グラフを入力した。

重積分など大学数学で用いるような、高度な計算式を入力し、コンピュータの計算結果を見る。

donc Zk=0.375
やっと書けた!五十行にも及ぶ記述の結果、導出ができた。

俺が達成感に浸っていると、ジョゼフィーヌの悲鳴が、部屋中に響いた。俺が現を取り戻して見ると、なんと今までの記述が『消えている』ではないか!

「うそ・・・だろ!?」

ああ時間がない!あと二十秒だ。たぶん。あと二十秒で爆発してしまう。

「違うわ!」

ジョゼフィーヌが言いだした。もう、解答など書く時間がない。

「もう時間がない!逃げるのだ!」

「違うのよ。“最後の言葉”が、解答なの!」

ジョゼフィーヌは、何かをうったえているが、俺は、それどころではなかった。これは、何が言いたいのか。確かに、そう書いてあるが。“最後の言葉”?最後の言葉・・・解答ではないのか?

「最後の言葉を書くのよ。論述の締めの言葉が必要なの!」

はっとした。ジョゼフィーヌの顔を見た。そういわれても、結論はすでに、書いてある。これ以上、どうすりゃいいんだよ!

「ねえ、こういう結論を書きたい時は、なんて書くの?」

いろいろある!最後の言葉って・・・そもそも、何なのだ!?

俺にはわからない、だが、時間は待ってくれない。

あと十秒だ!!考えろ、考えろ、俺!

「Quod erat demonstrandum、略してQ.E.D.よ!」

彼女は唐突にラテン語の成句を叫んだ。彼女には、答えがわかったらしい。

「何?」

「いいから書きなさい!」

ジョゼフィーヌが叫んだ。あと五秒だ。

「Q.E.D.・・・だな?」
四、三、二、一・・・・!
その瞬間に、部屋中の空気が凍り付いた。

「止まった・・・のか?」

何も起きない。"壁"になっている金属板は、ほとんど厚みがない。紙よりも薄い。

「ええ、助かったわ」

二人は、思わず、ハイタッチをしていた。

「さっきの言葉は、どういう意味だったんだ?」
Q.E.D.の三文字、俺のボキャブラリー(語彙)にはなかった。
「かく示された・・・ラテン語ね」

証明や論証の末尾におかれ、議論が終わったことを示す成句のようだ。

「私が読んでいた、スピノザの哲学書『エチカ』で、論証に用いられていたのを、思い出したのよ」

もともと、古代ギリシャの科学議論で用いられた言い回しが、ラテン語に訳されて成立した歴史的なフレーズで、ギリシャの幾何学者のユークリッドや、哲学者のスピノザらが用いた。

「すると・・・この爆弾の解除キーはQ.E.D.だったわけか」

「どうやら、論述は必要なかったようね」

俺は自分の徒労を、心の底から苦笑した。というか、笑えた。極度の緊張に解放されると、人は笑ってしまうのだ。

「それにしても、意地悪い手口ね」

「これら『化学トリック』は、レオポールの常套手段だ。ここの化学爆弾も、パリのホテルで見た、女性のガス死も、同様に化学知識が使われている」

真相は俺にもわからない。だが、彼が捕まれば、自ずと余罪を追及されるだろう。

とにかく、爆弾は解除できた。俺は脂汗をかいていた。こんなに緊張したことは初めてだ。なにはともあれ、爆弾が爆発しないので、今度は脱出しよう。俺は部屋を見回した。

“サンジェルマン・プロジェクト”の開発ベースだ。こんな機会はまたとない。敵のラボに、はからずも潜入したのだ。エルンストは馬鹿なことをしたものだ。ともかく、この研究所を見ていこう。

俺はラボを歩き出した。さっきは動転していたが、いろんな部屋があるようだ。研究に使っただろう部屋や、プライベートな部屋もありそうだ。

「ここは、サンジェルマン・プロジェクトの巣穴さ」

俺は、ジョゼフィーヌに、解説しながら回った。

「私の見識だとサンジェルマン伯爵は、確かに化学者でしたわ。でも、いくらフランスの製薬だからって、過去の人物を冠に頂くのは、不自然ですわ」

ジョゼフィーヌに言われて気が付いた。確かに敵のプロジェクト名と当たり前に受け入れてきたが、サンジェルマンと抗癌剤に因果関係はない。


奥の部屋に行くと、一風変わった大きな絵があった。人物が原寸大に描いてある。ヨーロッパのお城によくある先祖の肖像だ。もちろん、大きいが、天井が高い場所なので、目の前に絵があるのに、違和感があった。位置がまるでドアだ。

「これは、伝承でサンジェルマン伯爵とされる絵ですわ」

おれはふーんと無関心だった。宮廷画家に描かせたものだろう。

「でも、こんな絵、たくさんあるんだろ?」

権力者だ。そうに違いない。

「そうでもないのよ。現代に伝わっているのは、この一枚だけよ」

俺は驚いた。

「時代に絶えず出てくる、サンジェルマン伯爵の絵が、これ、一枚か?」

「彼は無類の絵嫌いだった、といわれているの。これだって、本物かさだかじゃないわ」

意外な答えだ。俺の常識では、権力者がその威容を示すために、“立派な絵を”描かせるものだ。

「権力者は権勢を誇るので、こんな絵を、たくさん描かせるものだろう?」

「いいえ。彼に限っては、全く残っていないのよ」

歴史学者が言うのだ。間違いないだろう。

「絵が、まるでないのか」

不思議なことだ。

「だから、伝説の人物といわれているわ。実在したかも疑わしいそうよ」

俺は感心した。こんな人物と戦っていたのか。もっとも、この絵は、プロジェクトの象徴と解釈していた。

「だけど、サンジェルマンの名を冠した伝説だけは、されてきた」

文献によれば、サンジェルマン伯爵には様々な伝説がある。

「なるほど、今回の『サンジェルマン・プロジェクト』も、また然り、ってか」

彼は丸薬とパンのみを常食とし、九の言語を自在に操ったという。化学や錬金術にも精通したため、不死についての書物も、多く書き上げた。

「じゃ、行こうか・・・」

俺が、その場を去ろうとした。

「ちょっと待って・・・」

ジョゼフィーヌがじっと見ていた。

「何・・・?」

俺は何事かと思った。彼女は、おもむろに手を絵に伸ばした。額縁の端を押してみた。

ガコンと音がした。

「位置が低すぎるの・・・」

そういうと彼女はさらに額縁を押した。すると、からくり屋敷のように、絵が回転した。

「ええっ?」

俺はあまりのことに息をのんだ。まるで、忍者屋敷ではないか。

「ここは、隠し部屋みたい・・・」

彼女は、さっきの書斎に戻って、ライターを持ってきた。火をつけ、中をかざした。中は暗い。すると、スイッチがあったので点けてみた。

ぱっと明るくなると、そこは洋間であった。結構、装飾され、城のインテリアで飾られた部屋のように、きらびやかだ。飾りっ気のない俺には、西洋の豪華はまぶしすぎる。ベットがあるし、生活が感じられた。

「驚いた。こんな、仕掛けがあるとは・・・」

「なぜ、こんな隠し部屋があるかってことよ」

ジョゼフィーヌが、何を言っているのか、わからなかった。

「そりゃ、研究者の嗜好で・・・」

「それにしては手が込んでいるわ。まるで、見られてはいけないみたい」

確かに。

「秘密にしなきゃならない"なにか"があるのよ」

確かに、そうかもしれない。

「なんてこと」

ジョゼフィーヌが立ち止まった。

みると、さっき絵で見た、サンジェルマン伯爵の衣装が架けてあった。民族色が強い服装だ。

「トランシルバニア地方の衣装ね。伝承を見事に再現している」

化粧台には各種の化粧品の傍らに、大きなダイヤが、いくつもおいてあった。

「これは、とんでもない、お金持ちだ」

俺が感心すると、

「ムッシュ。違いますわよ。彼の素性がわかりました」

「エルンストのことか？」

俺が聞くと、

「ええ。彼はサンジェルマン伯爵、その人です」

俺に衝撃が走った。

「まさか。ナポレオンの時代の人だぞ。そんなわけが・・・」

ジョゼフィーヌはにこりともしない。真剣そのものだ。

「これらが、その証拠」

「すると、彼の二千歳の話は本当だったのか？」

俺は戦慄を覚えた。すると、ジョゼフィーヌは、最初小刻みに震えたかと思うと、急に大声で笑いだした。

「ごめんなさい。ムッシュ。あなたみたいな科学者が、荒唐無稽な話を、信じるとは思わなかった」

俺は憮然とした。だったら、なんだよ。

「歴史学者の私だって、信じていませんわ。だから、“からくり”を見ていたのです。証拠はそこに・・・」

すると何かの手紙を指さした。さまざまな言葉で書かれた手紙だ。

たとえば、ある手紙はフランス人のギヨームがフランス語で書いたものがあり、さらに別の手紙は華人の劉が漢文で書いたものだ。

「なんだこれは・・・」

「これはサンジェルマン“ファミリー”の手紙ですわ」

様々な言葉で書いた著名の人物の名が違うのだ。

「九の言葉を使うのではなく、九人の人間が一人を演じていたのか」

確かに、これならつじつまが合う。劇団・サンジェルマンというところだ。この場合、家族内なので、“本名”で書かれていたのだ。九つの言葉を理解して、二千歳の年齢を、代々受け継げば、なんの不思議さもないのだ。

「すると・・・」

「彼が二千歳というのは、代々“サンジェルマン伯爵”という人物を、受け継いだ結果です。名前は誰しも一人が持つもの、と思い込んでいます。同じ名札を付けて、いくのですわ。写真もない時代ですもの、“騙り“するのは簡単ですわ。だから、絵を描かせたくなかった。描けばバレるでしょ」

なるほど。

「それに、当のサンジェルマン伯爵は1706年に死亡したといわれますわ。不死身と言えないのよ。人間だから」

噂は噂だ。

「おそらく、彼はサンジェルマンの末裔よ。おそらく、サンジェルマンの霊薬を探していたのよ」

俺は、ジョゼフィーヌの洞察に感心した。

「すると、奴はナポレオン7世と同じということか」

ジョゼフィーヌは返事をせず、俺を、じっと見ていた。

「彼の目的がはっきりしたのよ。彼に奪われた秘宝の地図が、解かれることがないことを願うわ」

そうだ。奴はメッセージに従い、秘宝を探しに行ったに違いないのだ。

「すぐに行きましょう」

ジョゼフィーヌは先を急ぐといった。

「いや、それには及ばん・・・」

「なぜ・・・」

「なぜなら・・・」

俺は、この話の展開を、予想できていたのだ。

「なぜなら、奴に地図の“本当の”見方を、わかっていないからだ」

俺は確信していた。エルンストに、あの地図は解けないということを。

「それより、“俺にとって”、大事な宝がここにある。手伝ってくれ」

俺は、俺の宝を探し始めたのだ。


三十分ほど探したころだ。

「ムッシュ。本当に“宝”が、あるのですか」

とジョゼフィーヌが聞いてきた。

ジョゼフィーヌには、宝の姿など全く理解できないので、待たせていたのだ。

すると、俺がそれを見つけた。

「やった、やったーっ！」

俺が突然叫び出したので、ジョゼフィーヌも、何事かと驚いたようだ。

「ムッシュ！いったい何事です？」

興奮した俺は、書類を握っていた。

「これは大発見だ！」

といわれても、ジョゼフィーヌは理解できない。

「これが宝だ！」

俺が見せた宝は、数字ばかりの解析書類だ。何が宝なのか、ジョゼフィーヌには、見ても理解できない。

「いいか。ここには、『サンジェルマン・プロジェクト』の研究所で、資料が放置されているのだ。

ということは、製品にない試薬段階の開発記録があると思って、探してみたのだ」

「なるほど。ムッシュにとっては、名誉を地に落とされた出来事でしたわね」

「そうさ。俺はソナフィー社の特許出願に先を越されて、会社で冷や飯を食った。だが！だが！ここに！」

といって、ジョゼフィーヌにそれを見せた。

「さっぱりわかりません」

当然だな。数字と解析資料だ。わかるわけがない。

「いいか、ここには試薬段階の成分が、書いてあるのだ。薬でも薬品には、ＤＮＡ鑑定と同じレベルの分析方法があるのだ」

「薬のＤＮＡ鑑定？」

「ああ。それを立証すれば、特許侵害で逆提訴ができる。つまりパクリの証明だ」

「はあ」

ジョゼフィーヌはピンと来ない。

「化学物質の場合、かならず『不純物』が、製法により違うのだ」

「ああ。聞いたことがあります」

成分は一致するとしても、必ず不純物が生成される。これは、原料の違いや、さまざまな要因によって生まれるのだ。それは、一致することはなく、それを調べることは、薬品におけるＤＮＡ鑑定のようなもので、成分分析により、生産地域や、関連性など、いろいろな情報となる。

「しかし、製品化された薬品は、当然『不純物』では、証明できない」

確かに、原材料が違えば「不純物」など意味をなさない。

「そこで、当時、俺は『コピーガード』を、仕掛けていたのだ」

俺は一エンジニアになっていた。

「例えば、スマホ開発で、パクリを証明する方法を考えるとする。例えば、回路に一本全く関係ない無用の回路を、書き込むとどうなると思う?」

「・・・コピーしますわ」

「そうだ。書かれている回路の意味を分からなければ、そのままコピーするのだ。だから、あえて、無意味なダミー回路を入れておく。さらに言えば、プログラムにも同様に、ダミープログラムを入れれば、それをコピーするんだ」

ジョゼフィーヌも理解してきたようだ。

「ああ、それがあるってことは、コピーの証明ね」

「あるソ連の逸話だが、スターリンは、優秀な敵の飛行機のコピーを部下に命じたのだが、部下は銃弾の跡まで、コピーしたそうだ」

笑い話だが本当である。

「俺は、これを入れたんだ」

とある成分をゆびさした。成分があるところのグラフが、高くなっている。

「Ibuprofen(イブプロフェン)?」

そこだけ、成分の感度が高かったのだ。つまり、含有していることになる。

「これって聞いたような・・・」

「そうだ。普段君たちも飲む、風邪薬の主成分さ。これは抗癌剤だ。微量とはいえ、あるはずない成分さ」

俺の言うことが分かったらしい。

「つまり、あっては、いけない成分ってこと?」

「そういうことだ。イブプロフェンとは、プロピオン酸系の非ステロイド系消炎鎮痛剤だ。誰でも不要ということがわかるものさ。さすがに製品の抗がん剤からは取り外されていた。だが、これが開発段階で、あったということは、俺の抗がん剤を盗んだことになるんだ！」

俺は自分の名誉の汚点が晴れていくのを感じた。

ここに、テムジンとソナフィー社との犯罪が明るみに出た。秋津洲製薬の抗がん剤のデータを盗み、完全にコピーした。そのコピーで特許を出願したのだ。開発段階でコピーであれば、特許を名乗る資格はない。俺はこれらを携帯で撮影、東京に全部送った。

「バカ野郎ども！天誅を下してやる！」

俺は吠えた。貯め込んだ鬱憤を、晴らすかのように吠えた。俺は、逃げたエルンスト、レオポールの姿を追うことにした。

「まだ、あのことに、気付いていなければいいが・・・」

ジョゼフィーヌは、何のことかわからない、顔をしていた。

外へ出ると、ある人物が立っていた。

「ようやく、見つけたぞ」

「ポール警部」

ポール警部が立っていた。

「俺の警告、聞かなかったようだ」

「そもそも、ここはベルギーです。フランスの警察が何用ですか」

俺は、いい加減、しつこい警部に辟易した。

「俺は同時にインターポールにも所属している」

「それで、我々を捕まえると・・・」

俺は身構えた。ジョゼフィーヌも事の成り行きを見ている。

「俺も、そうしたいが、なにせ、ホシを捕まえんと、いかんのでなあ」

「ホシ？」

「ああ。実は、お前たちを泳がせていたのには、わけがある。お前たちが追う人物さ」

どうやら、俺たちを警部が追うのには、理由があるようだ。

「お前たちは都合よく〝彼〟を追跡しているからなあ。お前たちを追えば、〝彼〟にたどりつく」

ここで俺たちは、ポール警部と合流することになった。

サンジェルマンの不死薬

―私はフランスのために百度戦ったが、
一度として祖国を裏切ったことはない。
ミシェル・ネイ、大陸軍元帥、フランス

「先祖の霊薬が、我が手に・・・」

杖を突きながら、老いぼれてしまったサンジェルマン伯爵が平原を歩く。エルンストだ。モン・サン・ジャンという場所だ。見渡す限り平原で古戦場だ。普段は、観光地としてにぎわっている。今日は“イベント”があるので、観客の姿はなかった。

向こうから、青い軍服を着た乗馬の集団がやってくる。おそらく何百という騎馬、千の歩兵だ。これではまるで、ワーテルローの戦いだ。日本でいえば、関ヶ原の古戦場に騎馬隊が、やってきたようなものだ。

「なんだ、あれは・・・」

エルンストは目を見張った。

「バカな。今は二十一世紀だぞ。フランス軍が、戦っているわけがない」

彼は今日の“イベント”を知らなかった。今日、行われているのはワーテルローの再現祭りで、イギリス軍も“参戦”していた。日本の合戦シーンのスケールとは、けた違いのイベントだ。だが、エルンストには、それが本物に見えた。

フランス軍サイドでは、青服の皇帝親衛隊が、先頭を行進している。

文字通り精鋭部隊だ。続いて古参兵の擲弾兵連隊。そして、最後尾をフュージリアとよばれる、一般兵の連隊が方陣を組んで続く。

「信じられん。見事な行進ではないか！」

複数の方陣が並んで縦列をなしている。これはナポレオンの発明だ。

縦列の側面は、各種騎兵によって守られている。

他方の英軍サイドでは、赤服の擲弾兵、高地連隊兵らが横列で並んでいる。ちょうど、バッキンガム宮殿の衛兵の様な服装をしている。

まるで、本物さながらだ。ここはナポレオンの本陣に近いライオンの丘の麓だ。当時、丘を占拠したイギリス軍に対し、フランス軍は麓から攻めていった。結果は、惨敗で、それ以後、ナポレオンは凋落の一途をたどる。

日本でいう「天王山」であり「関ヶ原」だったのだ。

それはともかく、エルンストは、その兵隊たちの中に入っていった。兵隊たちも、そんな老人を気に留めず、まっすぐ行進していた。

エルンストが立ち止まった。そこはまさに、ナポレオンの本陣で、当時、ナポレオンが指揮していた場所だったのだ。

「なるほど。霊薬を隠すのに、おあつらえの場所だ。ナポレオンはそこに埋めたのか」

エルンストは、手で、なりふり構わず掘り出した。

「ナポレオン・・・なんぞに・・・不死の薬を・・・渡せるか！」

息を弾ませている。

三十センチほど掘り進めたところで、エルンストは手を止めた。

「代々、サンジェルマン家は日陰の存在だった。しかし、先祖は、ここに〝不死の妙薬〟を隠したのだ」

サンジェルマン家に流れる怨念を口にしていた。

「ナポレオン7世とやらがいなかったら、この宝は、俺のものだ！」

それは陶器の、当時の物のようだ。それは、高さがないが、広さがある。それを手に取って、しげしげ見た。

「これは何だろう。“不死”の薬にしては、箱が不用心だな・・・」

確かに、陶器の箱に、何の鍵もついていない。

「我が先祖の家宝だ」

やや興奮気味だ。

「これで、俺の不死の命が手に入る・・・」

手を震わせながら、蓋に手をかける。陶器製なので少々重い。

蓋をずらすとむっと、刺激の強い臭いがした。

「ムムッ、なんだ、これは・・・」

灯油が入り込んでいる。刺激臭がひどい。

「なんだ。どうして灯油が入っている。誰がこんな、いたずらを！」

その灯油の中に、なにか、本みたいなものが沈んでいる。極薄で、白っぽくなっている。

「これが隠された秘宝、不死の薬の製法の書かれた本だ。なんてことだ。復元作業が大変だぞ」

長年灯油に漬かって、コンディションが悪く、レストア（修復作業）が必要そうだ。

「でも、読めればいい。俺なら、修復など造作もない」

エルンストは、ついに来た瞬間に酔った。手に取って拝もうとした。本来、こうした発掘物は壊れやすく、通常、手荒に触ることはないのだが、エルンストは、衝動を抑えられなかったのだ。

「これぞ、我が秘宝！」

本を水からすくい上げた。西欧のさわやかで、強い太陽の光が彼を包んだ。

その瞬間だ。

バウッ
なんと、手にした、濡れていた本が燃え出した。まるで、魔法のように。天罰でも下ったかのような光景だった。

「なな、なんてことだ！」

本が燃え始めたのだ。まばゆい光を放ち、エルンストを拒絶するかのように、火花を散らして燃えている。この世の光景とは、思われなかった。

「本が・・・本が・・・」

悪魔に、たたられた本は、燃えては空に舞った。

「熱い・・・」

さすがに、本を手から離したのだった。恨めしそうに、燃えていく本を見ていた。魂が抜けていた。彼は、一連のことを理解できなかった。きっと悪魔にたたられたのだ。

すっと影ができた。人の気配がした。

「フランスを裏切って、良い様よ」

と女性の声がした。と思ったら、その本の燃えカスを、靴で踏みつけた。

エルンストは顔を上げた。そこには人が立っていた。

急に風が通った。大きなフラグがはためき、エルンストの顔を覆った。青、白、赤のトリコロールだ。中央に、はっきりナポレオンの家紋が見えた。

「ナポレオン・・・」

すると風がやみ、見えたのは、旗を持ったジョゼフィーヌだった。俺も立っていた。俺たちはようやく、この老人に追いついたのだ。

「これで永遠に、サンジェルマンの霊薬の秘密は、失われたわ」

ジョゼフィーヌが言った。

「不死は神の領域だ。人間の手を出す事ではない。あれは、あってはいけないんだ」

俺がエルンストの顔を見ていった。だが奴は、まだ未練がましい。

「俺の先祖は"神"だったのだ!あれは、その証拠だったのだ。超人的な能力こそ、この世に君臨する証なのだ」

俺は、その言葉を聞いて、かっと目を見開いた。

「なんだと?それが科学者の言う台詞か!」

俺は、ばっとエルンストの襟元を、わしづかみにしていた。

「科学者の役目はなぁ、みんなの命を守ることだ!生活を便利にすることだ。そのために与えられた能力なんだよ!」

俺は日本語のまま、構わず叫ぶ。深いしわのエルンストの顔が、醜くゆがむ。

「超越した能力を示せと、神からの与えられた超能力、サクラメントだ!」

エルンストは、フランス語で答える。

「ムッシュ!これ以上はいけないわ」

日本語とフランス語と交わって、奇妙に織り合わさる。

「バカ野郎!不死は神の領域だ!お前なんぞに、踏み込まれてたまるか!お前に資格はない!」

俺の怒りが爆発した。

「お前みたいなものがいるから、科学が"両刃の剣"といわれてしまうんだ!」

ばっとエルンストを突き放した。突き放されたエルンストは、他愛なく腰が砕けた。

「そいつは知識であって能力じゃねぇ!間違えるな!俺は、何物であっても、神の領域を犯すものを許さん!」

「Ah mon dieu…(神よ・・・)」

よたよたのエルンストの体は、起き上がれそうになかった。日本語のわからないサンジェルマン伯爵の末裔でも、俺の言うことはわかるようだ。

「もういいだろう・・・」

見かねたポール警部が割って入った。

「見ただろ!書いた書物は一瞬で燃え尽きた。お前らの行為を許さないか如く、神の怒りに触れたのだ!」

ポール警部がエルンストを抱き上げた。

「エルンスト・グリニヤール、本名シャルル・サンジェルマン、殺人と詐欺罪で逮捕する!」

といってフランス裁判所の令状を読み上げた。

「こいつは中国マフィアと手を握り、情報のハッキングと転売で、多くの国に損害を与えた。あんたの罪も、こいつが仕組んだことだと判明した。あんたは世界の英雄でなければならない」

打って変ってポール警部は俺を讃える。

(案外、いいやつなのかもしれん)

俺はそう思った。

どこからか、フランス警察の警官二人が、エルンストを挟んで連れて行った。

ポール警部は背を向けた。広い草原をとぼとぼ歩いていく。背中がちいさくなった。ふと振り向いた。

「なあ、あんた、世界の権威だろ?」

「ああ」

俺も、大きな声で怒鳴り返した。もうためらうことはない。世界の真ん中で叫んでいいのだ。距離があるのだ。声が小さいと届かない。

「日本の化学用語を教えてくれ。やっちゃいけねぇことを、することをなんて言うのだ?」

俺とジョゼフィーヌはお互いを見た。

「火遊びというのだ」

「HIASOBIか。覚えとくぜ!フランス語だと"flambé"っていうんだ!講義終了!覚えとけよ。Adieu!(あばよ!)」

俺たちはそれを見送った。

flambé(フランベ)の意味はやけどする(口語)という意味で、慣用的に「危険なことに手を出す」という意味がある。元は調理用語なのだ。料理の名にもなっている。

そんなことにお構えなしに祭りは続く。

丘の麓ではワーテルローの戦いを再現した祭りが催されている。

ナポレオン時代の英軍服に、キルトを履いた女性ファンらがフォークダンスを踊り、目の前では、歴史さながらの服装に身を包んだ有志による、ワーテルロー再現イベントが行われている。

丘の麓にフランス軍『チーム』が整列している。

ギャラリー席は丘を見上げる草原にあった。

"Garde à vous!(気を付け!)"

ナポレオンの格好をした役者が、白馬に乗ってやってくる。

“Marchez！（進め！）”

彼の合図とともに、フランス軍チームが、英軍『チーム』の陣地に向けて行進する。

「オ・パッキャラマード、オ・パッキャラマード、オパ、オパ、オパ！（進もう、戦友よ、進もう！）」

クラリネットの歌で、有名な旋律の歌を口さんでいる。

こちらは、本家で『玉ねぎの歌』という。

彼らの向かう丘の頂上には、敵将ウェリントンと、彼のチームが待ち伏せている、という構図だ。

行進するフランス軍チームは、ギャラリー席の前でマスケット銃の空包で一斉射撃する。雰囲気は、西洋版関ヶ原さながらといったところ・・・

俺が想像した歴史のワンシーンが、隈なく再現されている！

俺たちはナポレオンの本陣から、ライオンの丘に移った。ライオンの丘は、観光目的に、後世に作った人工の丘だ。だから、史実には全く関係がない。

“幻の英雄の丘”とは、ここのことだ」

おれは周りを見回しながら言った。

「奴には、あの地図の解き方は、わからなかったはずだ」

「そうね」

俺はライオンの丘に昇りつめた。実は地図の記す「幻の英雄の丘」というのは、ここだったのだ。

「彼は、英雄の丘を本陣と訳したのだろう。誰だって、そう思うさ。でも、実は“無いことが”正解だったんだ」

「なぜ?」ジョゼフィーヌは、俺がなぜここに来たか不思議だった。

「幻つまりは“無い”ってことさ。ここは、あとの世に作られた人工の丘、つまり、もともと、ここには、丘はなかったのさ。後世の管理者たちの作った謎かけだ」

「でも、ナポレオンの秘薬を、後世の“誰か”が埋めたってことでしょ」

俺はちらっとジョゼフィーヌを見た。

「それはナポレオンの子孫が、先祖のことを、しっかり守っているからさ」

「つまり、ナポレオン7世ということね」

ジョゼフィーヌは答えた。

「それから・・・」

俺はさらに続けた。

「人工の丘に埋めたとなると、ナポレオンの時代ではなく、後世の子孫ということになる。いろいろわかったよ。つまり、ナポレオン7世の意図は、自分で仕掛けた謎に、俺たちを引き込み、探させたのだ」

「でも、それじゃ、解答を“彼”は知っていたわけ?」

“彼”ではない、“彼女”だ。なるほど、”ナポレオン“は男性名だ。俺も、そう思い込んでいた。だが、凱旋門での”彼の“メールの挨拶だ」

「それが?」

ジョゼフィーヌの目に驚きの光があった。

「Cuncun は本来の意味は、親しい女性同士が顔を近づけ、抱擁して交わす挨拶のはずだ。話の主が女性であるためだ。フランス語で、唯一女性だけが使う挨拶だ。俺はあれ、と思った。ナポレオンという男性名に騙された」

ジョゼフィーヌの顔が曇る。

「他にもある。ＴＧＶの時のことだ。車内放送があったろ」

「それのどこが、おかしいの？」

ジョゼフィーヌにはわからないようだ。

「考えてみろよ。あれは録音であり、車内で流された」

「それで、何がおかしいの」

「どのＴＧＶに乗るかは、あらかじめ決めていない。あれを車内放送に乗せるには、俺たちが、それに乗らないと、知っていなければならない。つまり・・・」

俺はジョゼフィーヌを見た。

「つまり、行動を見ていたものしか、仕込めないんだ。

俺たちは人知れず歩き回っていた。尾けているものは、いなかったと思う。〝俺たち二人〟だけだったのだ。だから、思ったのだ」

俺は、じっとジョゼフィーヌを見つめた。

「ナポレオン7世など、最初から、いなかったのさ。なぜならナポレオン7世の正体は、君だからだ」

俺はそう言った。ジョゼフィーヌは、顔色を変えなかった。

「じゃあ、ムッシュ。私がナポレオン7世なら、私はあなたに何をさせたかったの？謎など、最初からなかったのだし、何も命がけで、あなたと謎解きをする必要が、なかったのではないのかしら」

ナポレオン7世が自分で宝を隠し、それを探させるというわけだ。そんなおかしなことはない。

「それは、エルンストの存在さ。もっとも、レオポールという人物を追っていたわけだ。君はエルンスト＝レオポールとは知らなかったようだ」

「それから？」

「レオポールがナポレオンの妙薬を追っている、という情報をつかんだ君は、彼に、先祖ナポレオンの謎を、解かれたくなかったのだ。だが、製薬について知識がない。そこで、俺だ。俺の知識を使って謎を追うふりして、レオポールの追跡をさせたのだ」

「何のために？」

「それは、正真正銘ナポレオンの子孫だからさ。ナポレオンにとって〝不都合〟な謎ってことだ」

俺はさらに続ける。

「もう一つある。君の履歴だ。なぜ、履歴がないのか、それは、フランス国家の秘密である〝ナポレオン〟の名誉を、君に託されていたためだ。君が、ナポレオンを卑しめる何者かが現われた時、それを排除するため、国から託されたのだ」

「では、聞くけど、そんな回りくどいことをしないで、警察とかが直接レオポールを、逮捕すれば、いいのじゃなくて？」

確かにそうだ。わざわざ、ジョゼフィーヌが動く必要はない。

「それについては、共和制だからだ。ナポレオンという人物に直接干渉できない。それに、君だけの強みがある」

「それは？」

「歴史さ。代々受け継いだ〝ナポレオンの血〟だ。だから、歴史学者なのだ」

一般人がナポレオンを連呼するのも限界があるのだ。

「ご明察ね。一つ以外は正解だわ」

ジョゼフィーヌは微笑む。

「一つ以外?」

「ええ。私は確かにナポレオンの子孫。あなたは、ナポレオン7世がいないって言ったけど、私は、そのナポレオン7世。貴族は最初っから、あなたのそばにいたの」

「でも、共和制は・・・」

俺は動揺した。現代に貴族なんているはずがない。仮にナポレオンの子孫がいるとしても、それが貴族だなんて、信じられなかった。

「何を言っているの?グリニャール伯爵がいて、ナポレオン皇帝陛下がいないなんて、おかしくない?」

確かにそういわれると、そうかもしれない。“伯爵”は実在していたのだ。いまだに、脈々と皇帝が、受け継がれても不思議ではない。

「妹の話だと、名家出身だと、別名を幾つか持っているらしいな」

日本人とは違って、貴族制度の名残はある、と聞いていた。

「これはフランスの歴史なのよ」

つまり、ナポレオンの子孫は、そこに居るのだ。

自分で謎解きをしたが、意外な結論に、俺自身が驚いた。

「これから、どうするおつもり?」

ジョゼフィーヌは屈託なく聞いた。

「ナポレオンの“不都合な”真実を見ることにするよ」

といってライオンのモニュメントに近づいた。このモニュメントも第二次世界大戦後作られた。その時に埋められたのだろう。良き古きフランスの

“思い出”とともに。

そばの地面を掘り起こした。そこは長年埋まっていたようで、周りと溶け込んでいた。

「私もね、ずいぶん幼いころに埋めたので、知らないのよ」

ナポレオン7世は“自白”した。

スコップの先が、何かにあたった。中とみると木箱が入っていた。ひもを解き、上のふたを開ける。

「これは陶器人形」

欠けることもなくフランス人形のような陶器人形が入っていた。

「これはリヤドロだわ。きれい」

リヤドロはスペインのメーカーだ。割と新しい。

「どこかに入っているはずだ」

いろいろいじくっていると、腰のあたりでひねった。

「……」

慎重に回りてみると、そこが接合部になっていた。

「これか？」

中には一枚の羊皮紙に書かれた紙が、一枚入っているだけだった。

「新しいものだな」

俺が言うと
「フランスでは歴史は”過去“ではなくて、今に繋がっているものなの」

「なるほど。日本じゃ、過去は“過去”さ。“出来事”で処理されちまう。文化の違いだな」

日本じゃ、英雄はいない。そう教えられてきた。

今でも子孫はナポレオンの姿を守っている感じがした。

「他にはないのか・・・」

俺は改めて見たが、何もないのだ。そもそも、このライオンの丘の獅子の像は、近代に作られたモニュメントだ。当時の物ではない。

「管理しているものが入れたのです。謎を解くものの為に」

俺はジョゼフィーヌを見た。彼女が、ナポレオンの守護者なのだ。彼女のゆかりの者が、いれたのに違いないのだ。

俺は羊皮紙に目を遣った。

“我が辞書に、不可能があるとすれば、それは天命である。与えられた寿命に打ち勝つ妙薬などないのだ。人間は神ではない。予は努力と我慢の先には奇跡があると信じてきたが、その奇跡はなく、ただ、崇高な軌跡が残ると結論付けた。予はそれだけで満足である„

俺は一瞬驚いたが、

「そうだな。化学者として思うのは、不死の薬はあってはならない神の領域だ。これでいいのだ」

俺はそう思った。ナポレオンの不可能の告白だ。

俺はライオンの丘（Butte du Lion）の獅子の像に、隠されたメッセージを受け取った。

「ねえ、あなたは、これを公表するつもり？」

ジョゼフィーヌは心配そうに見つめてきた。ナポレオンといえば、「予の辞書に不可能の文字はない」という誰でも知っている名言を残している。フランスの英雄だ。

俺はにこりと笑った。

「俺は、真理を導き出す使命を受けた化学者だ」

ジョゼフィーヌはその先に聞き耳を立てる。

「しかし、この真理だけは、解決させてはいけないのだ。この世にははっきり解答を出してはいけないものがある、そう、思ったよ。これは、永遠に封印する。君自身である、君の愛するフランスの為に」

間違いなく、暴いてはいけない秘密なのだ。俺はそう思った。

英雄の遺志

——人生の歩みは、自分自身の心から始まり、
　　自分自身の心で終わる
ナポレオン・ボナパルト、フランス

「それにしても・・・」

ジョゼフィーヌは続けた。

「モン・サン・ジャンで、エルンストが見つけた〝不死薬〟の製法をつづった本は、どんなことが、書いてあったのかしら」

確かに疑問だろう。

「本当に、不死の薬がかかれていたら、人類にとって大きな損失だわ」

意外と惜しんでいるようだ。俺は水差すようで、

言っていいか迷ったが、

「当時は、錬金術から化学への移行期だった。もしかしたら、偶然に、そんな薬があったかもしれない・・・」

ジョゼフィーヌは、俺の話を聞いていた。

「でも、大したものではないと思うよ・・・」

ジョゼフィーヌはえっ、という顔をした。

「ムッシュ、なんでわかるの?」

「考えてもみろよ。エルンストは、それを、欲しがっていたのだぜ」

「だから?」

「彼は不死ではないのだ」

確かにそうだが。

「先祖が不死の薬を作っていたら、その場で飲んでいるだろ」

するとジョゼフィーヌも、わかったようだ。


「効果は飲んだものが、いないとわからないわ。“不死”とわかるには、効果を確かめないといけないわ。自分が死なないと、確信できないといけないわ。不死になったサンジェルマンがいない以上、薬もできなかった、ということね」

「ご明察」

俺は、サンジェルマンが神の領域に達しなかった、と安心したのだ。

「すると、もう一つのなぞだけど、本がなぜ燃え出したの?」

ジョゼフィーヌが聞いた。

「それは簡単さ。あれは、盗難防止だ」

ジョゼフィーヌは、わからなかったようだ。

「陶器製の箱に入っていたのは、本の他に灯油が張ってあった。それは、本を空気に触れさせないためだ。不用意に取り出せば、空気に触れる」

「本なのに、取り出すなってこと」

「そう。空気に触れると、激しく酸化反応する物質・・・ナトリウムさ」

「え?あの時代にナトリウム?」

「彼は錬金術師さ。ありうるだろう」

ジョゼフィーヌも納得したようだ。ナポレオンの時代にはナトリウムは高級食器として使われていた。

「あの激しい燃え方は、本当に天罰のようだったね」

天罰・・・決して化学になじまない世界だ。

「ナトリウムで本をね。普通、考えられないわ。不要に取り出すと、跡形もなく燃えてなくなるのね」

「そうだ。盗掘防止の知恵だろう。それを、エルンストは化学者らしからぬことを・・・」

本当に欲張った者の末路とは、情けないものだ。


こうして事件は解決した。しかし、一つの謎が残った。
P.N.ジョゼフィーヌの本名、ナポレオン七世の本名についてだ。
まず、ナポレオン七世という謎の人物が、一連の事件について、黒幕的存在であったのは間違いない。

今までの俺は、このような果てしない思索を続けていた。だが、俺は、ある答えを導き出したのだ。

「最後に、あなたの P.N. の謎を解き明かしましょう」

俺がそういうと、彼女は困惑する。

「生まれついての命名だけど・・・由縁はしらないわ」

どうやら、彼女は、その内容を教えてもらっていないようだ。

「P.N.って、英語でペンネームのことでしょ?」

本気で思っているのか。彼女は不幸にも、自分の本名を『教えられずに』育ってきたのだ。

彼女に関わる、全ての公的な文書にもP.N.ジョゼフィーヌと、記載されてきた。

「いえ、違います。P.N.は『プリンセス・ナポレオン』を表しているのです」

俺はあの後、改めてナポレオンの家系について、調べなおした。

「あなたは皇帝ナポレオンと、皇后ジョゼフィーヌの間に生まれた子孫なのです」

俺は、印刷した家系図を見せながら説明する。

「私の推理が正しければ、あなたの本名はプリンセス・ナポレオン七世・ジョゼフィーヌ・ド・ボアルネ、となるはずだ」

ド・ボアルネが姓である。

「あなたにかかっては、謎もなくなってしまいますわ。こういうのって、なんていうのかしら」

「そうだね。君がナポレオン7世とすれば、全てつながってくる。予定調和だろう」

「そうね。英語でpre-established harmonyね。ドイツのライプニッツの形而上哲学根本原理とも、いえるかな」

神が人間の運命を決める━近世ヨーロッパ哲学はそう説いた。

予定調和説のライプニッツ然り、予定説のカルヴァン然り。

全ては終わった。俺は、ついにナポレオンの死の謎に、たどり着いたのだ。

すると、ジョゼフィーヌのスマホに、電話がかかった。

「アロー。あなたのお兄さんの会社の話。そう、それは良かった」

相変わらず、フランス語で話をしている。

（結局、相手は誰か、わからんな）

ぶらぶらしていた。すると、

「ああ、その冴えないお兄さんなら、隣にいるわよ」

といって、俺にスマホを差し出した。俺は目が点となった。

え？何のことだ。ジョゼフィーヌの友達じゃないのかよ。

「アロー」

するとスマホの奥から
「何がアローよ。にーちゃん、ジョゼフィーヌさんと知り合いなら、なんで知らせないのよ」

間違いなく妹の沙織だ。

「バカ言え、おまえこそ、なんで黙っていた！」

さすがにバカにしている。

「知らないわよ。前からフェイスブックで、フランスの友達になっていたのよ」

「するってーと、ジョゼフィーヌ！」

俺もさすがに怒っていた。知っていて、黙っていたのか。ひどい。

「ノン！サオリは、前からの日本の友達ね。姓は知らないわ」

「姓も知らない？じゃあ、なんで俺の妹と気づいた？」

すると、からからと大きな笑い声を立てた。

「ムッシュの事、ドジで、さえない研究者というからよ。だからピンときたの」

沙織め。そんな風に、俺のことを言っているのか。日本に帰ったら許さないぞ。

ふと思った。そうか。それで・・・。俺は気づいた。運命のように、ローマで出会ったりしたことは、知らず知らずのうちに、お互いの情報を、沙織を通して共有していたのだ。

なんてことだ。

ちょっと、くすっと笑った。沙織がキューピッドだったのか。“運命”、人間の意識になく、超越したものだ。これで謎が解けた。

「他に用はあるのか。そうだ、今から帰るが、ベルギー土産は、チョコワッフルでいいか」

と俺は言った。

「何、呑気なこと、言っているの? ニュース、見た?」

「ははは。馬鹿な事、言ってるのじゃないぞ。ここはヨーロッパだ。ニュースなんか・・・」

何を言っているのだ。東京のニュースが、なんだというのだ。ここは、東京じゃないぞ。それに、俺にニュースなど受賞の時以来、関係ない。

「にいちゃんの会社が、ソナフィー社に、損害賠償の提訴をしたのよ」

俺は信じられなかった。

「なんだって?」

「秋津洲製薬が、ソナフィー社とテムジン社を相手に、四十億ユーロ（日本円で四千億円）の損害賠償を提訴したの。にいちゃんの出した証拠を、根拠にしたって話よ。東京が大騒ぎよ」

確かに俺は、証拠の画像を本社に送った。原本は手元にある。対応が早かったのは、会社もソナフィー社、許すまじ、との怨念が強かったからか?

確かに訴えられた時も、フランスに訴えられたと大騒ぎだったが、会社が訴えたのか。大騒ぎだっただけに、状況は想像できる。四十億ユーロなら、前の判決が出てないので、巨額の賠償となる。これなら、フランスとか国が動くわけだ。

「だから、おめでとうって言いたかったの。じゃあね。部長さん」

妹はおかしなことを言う。俺は主任だ。

「部長ってなんだ?」

俺は、妹が何を言っているのか、わからなかった。

「聞いてないの?会社の人がね、今回の功績をたたえるって、主任から、開発部長にしたって言っていたわ」

「聞いているわけないだろう。俺の携帯の番号を、会社に言ってない」

この携帯の電話番号を、会社に言っていなかった。

「あっそ。じゃあ、辞令が待っているそうだから、早く日本に帰ってきてね」

そう言って、沙織は電話を切った。

「どうしたの」

ジョゼフィーヌが覗き込んだ。

「いや。どうも、秋津洲製薬が、ソナフィー社を訴えたらしい」

俺はジョゼフィーヌが怒るかと思った。フランス相手に喧嘩を始めたのだ。しかし、答えは意外なものだった。

「それはムッシュが正しいのよ。フランスの企業が悪いわ。恥じるべきよ」

これがフランス人かと思った。いいものはいい、悪いものは悪いのだ。

夕刻、日の入りが近い。

その時すでに、祭りはフィナーレに向かっていた。

バグパイプやトランペットが、美しい旋律を奏で、一面に広がる草原に、ウェーブが走るようにして夕風になびいている。音律は風に乗る。

「そして我ら、英雄とヒュメイノス（祝婚の女神）の姉妹ら、愛すべき、赤い糸の結び目を知らず・・・」

ナポレオン軍に扮装した、男女の若者たちが歌っている。この歌は、フランス革命と結婚を祝う歌で、『門出の歌』という。

「・・・フランス人は、自由の為に生き、その為に、フランス人は死ぬ！」

風車と納屋、柵に囲われた小麦畑が、一面夕陽に照り輝いている。

「ああ、夕陽が、いつになく眩しい・・・」

二人は身を寄せ合い、互いの唇を近づけていく。

「Je t. aime.（愛しているわ。）」

「Moi, aussi.（俺もだ。）」

そうして、二人の影（シルエット）は重なった。

「Vive la Republique, Vive la France, et Vive Napoleon!（共和国万歳、フランス万歳、そしてナポレオン万歳！）」

かくして、俺たちのアヴァンチュールは、『ワーテルロー復活祭』の幕とともに閉じられた。


俺たちは、ブリュッセル空港に来た。これで、この事件は終了となる。

「ムッシュは、東京に凱旋するのね」

ジョゼフィーヌと俺は、出国カウンターの所にいた。

「ああ。いい思い出になったよ」

思いで？なんとなく違和感があった。

「でも、ムッシュは晴れて、会社のエースになれるのね」

「君のおかげだ」

「私は、ムッシュが、元に戻れて、うれしいの」

「なんで？」

ジョゼフィーヌが、どうしてだろうと思った。

「だって、人って自由でしょ？ムッシュにも、ムッシュの世界があるわけだし」

フランス人だ。自由をこよなく愛す人たちだ。相手の意思を尊重するのだ。

ナポレオンが生きた、フランス革命時代の合言葉、

『Liberté, Egalité, Flaternité（自由、平等、博愛）』

その精神は二百年の時を超え、現代に受け継がれている。

「いや、会社勤めなんて、窮屈なものだ」

「本気？」

ジョゼフィーヌは覗き込む。

「それが、日本のサラリーマンさ」

「日本人て、窮屈なのね」

フランス人から見れば、そうかもな。

「まもなく全日空ブリュッセル―成田便の、搭乗手続きが始まります」

ジョゼフィーヌは俺の右手をぎゅっと握ってきた。心なしか、パチッとした青い瞳がうるんでいる。

五秒、十秒、・・・ただ、時間など図ることはない。永遠に続くといい、と思った。

手を離す時が来た。

「ムッシュは自由（リーブル）」

一言、言った。会社に飼い慣らされた、日本人の俺には、理解できないかもしれない。この時ほど

“libre（自由）”という言葉に、残酷な響きを感じたことはなかった。違う。違うのだ。

「ムッシュ、さようなら・・・」

彼女の方が手を離した。彼女は、そんな気だったのか。だが、俺には、彼女を止める言葉が浮かばない。

不器用な男・・・

ぱっと、彼女は振り返って駆けだした。

ああ・・・

まるで振り切るかのように、振り向きもしない。

（いいのか、俺・・・）

俺の心に逡巡する。

（これでいいのか!俺は!）

心から沸き上がり、頭を貫く衝撃、彼女の姿が小さくなっていく。

“いやだ!!”

俺の心が叫んだ。

「ジョゼフィーヌ!」

俺は荷物を放り投げて、彼女を追い始めた。

（お前は、会社をどうする?投げるのか!）

もう一人の自分が叫ぶ。

（いままでの出世を台無しにするのか）

うるさい!黙ってろ!

無言のまま、ジョゼフィーヌの前に、立ちはだかった。

「すまない。自分に素直になれなくて・・・」

俺は、息を切らせて彼女の前に居た。やはり、泣いていた。

「ムッシュ」

「俺はわかったのだ。大事なものを」

彼女は、今にも泣き崩れそうだった。

「結婚してくれないか・・・」

俺は確かにそういった。彼女は、俺に飛びついた。小刻みに震えている。

「日本のことは、もういい」

俺は決心した。これで日本の名誉、会社、俺が努力して積み上げたものを放り投げた。少々空しい。全部失って呆然とした。宝と引き換えだ。悔いはない。天を見上げた。終わった。

落ち着いたのか、彼女はすっと、俺の首から手を離した。そして自分の首に手をかけた。

「ムッシュ」

すると首の首飾りを外した。おもむろに俺の首にかけた。

「これは、我が家に伝わる、ナポレオン家の守りの首飾り。かのナポレオン・ボナパルトも戦場に、かけて行ったわ」

「そうか・・・？」

そんな、伝来の家宝を俺に？

「あたしは英雄を迎えようという、ナポレオン一世の遺言に従い、城に英雄を迎えます」

彼女は、俺のプロポーズに応えた。

「ええ。お城で一緒に暮らしましょう」

ナポレオンの財宝は噂である。あるとすれば、天文学的数字だとされている。噂なのだ。見たことはない。

「ムッシュは好きです。私の英雄（ナポレオン）です」

今、思えば、トレビの泉で、一緒に投げたコイントス。あれは運命だったのかもしれない。言い伝え通り、一緒にコインを投げたカップルは、結ばれる。

俺は、彼女に、最後の謎を、明かして見せたいと思った。

「覚えていますか、ルーヴルにあった、戴冠式についての絵を」

ジョゼフィーヌは覚えていたようだ。頷いた。

「あれが、何か？」

俺は、顔を赤らめて答える。

「今、思えば、もう一つのメッセージが、込められていたと思います」

もしかしたら、俺の思いこみかもしれない、だけど、言いたい。

「あれをあなたと一緒に見た。あの絵の『ジョゼフィーヌ』も結婚の絵だった」

俺は一呼吸置いた。

「もし、俺が英雄（ナポレオン）なら・・・『ジョゼフィーヌ・ド・ボアルネ』としてのあなたと・・・その、今、思えば、ゴールインする運命だったのじゃないかって・・・」

そう言って、屈みながら、近くに生えていた草の冠を編んで、ジョゼフィーヌの頭に被せてあげた。すると、ジョゼフィーヌは笑い出した。まるで戴冠式のようだ。俺は精一杯の愛情表現をしようとした。

「ムッシュは不器用なのね。でも、いいわ、そこに、好感が持てるもの」

俺は、これからどうなるのか。化学者を続けるのだろうか。

「Tu es beau.（君は綺麗ね）」

はじめて、ジョゼフィーヌが tu（君）と言ってくれた。

「Toi, aussi.（君もだよ）」

マルセイユの海岸を思い出した。あの時も言っていた言葉・・・

ただ、他人行儀な vous（あなた）ではない。心を許す愛人に対する tu（君）なのだ。

「Vive la république, vive la France et vive Napoléon !（共和国、フランスそしてナポレオンに栄光あれ！）」

俺は最後に思った。こんな時にナポレオンが言ったのは・・・

―了―


勇気は愛のようなものである。

　育てるには、希望が必要だ。

――ナポレオン・ボナパルト、フランス

《あとがき　》

本作で一番のテーマは田中幸一とジョゼフィーヌの恋の成就である。最後、ジョゼフィーヌが「ナポレオン7世」であり、英雄として幸一のプロポーズを受け入れるのが、最大のシーンとなっている。そのため、彼女との恋愛シーンが多く入れられている。日本での推理小説でも、こういった手法もいいのではないかと思うのである。女性の恋愛観を重視した作品を目指したのだ。女性が推理小説にもなじめるように、明るい雰囲気を心がけたのだ。出来れば、そういった推理と恋愛を新しいスタイルにできないかというのが、筆者・藤井善将のおもいである。

作者とは親子関係だが、同時に戦友でもある。彼の人生はすさまじいの一言だ。彼の百ページを超える自叙伝が漫画で存在している。彼は彼で、すさまじいストーリーを持っている。生きているのが不思議な状況だった。現時点、これらすべてが大きなストーリーなのだ。そして、彼は「運命」というものと向き合い、戦い、今こうして、新しい推理小説を作り上げた。彼に私は拍手を送りたい。

彼の作品にはすでに2作品がある。一つは「ロボット工学と浮世絵」がテーマで、UGV（無人戦闘車両）と人工頭脳がキーワードだ。これは日本のお家芸、ロボットと、日本の伝統文化を「パリ万博とからくり」で解いていくものだ。「広重プロトコル」という題名だ。これも、最後は夫婦愛がテーマだ。

もうひと作品が「DNA工学とモーツアルト」で、これも全くつながらないテーマだ。しかし、「ゲノム音楽」でつながるのだ。これは筆者のセンスというほかはない。舞台はトルコから始まり、ギリシャ、オーストリアと、従来ではありえない舞台設定となっている。この地域の設定は知らないし、なぜここまで描写できるのか、と思うぐらいだ。神話とゲノムと音楽業界のサスペンスだ。「ゲノムの中のモーツアルト」という題名だ。ここでは、親子愛、家族愛が書かれている。

さらに、現在彼が構想しているのは「宇宙工学と三国志」で、キーワードは諸葛孔明だ。これは諸葛孔明が原始的とはいえ、ロケット兵器の考案者でつながる。JAXAのエンジニアと童話作家の組み合わせで考えている。誰もが一度はあこがれた宇宙の世界を、巨大なロケット産業を舞台に、陰謀を解こうというものらしい。

ともあれ、彼は理系は切り口が尽きないという。夢もある。推理小説で理系は考えられないが、彼はそれを形にしていく。ハイクウォリティーのリサーチと、深くて切ない情緒の国際サスペンスが、彼の向かう世界観なのだろう。こういった世界を、発信できれば最高だと思うし、若い才能が、持てるすべてを発揮し、提案し続けることを期待し、応援したいと思うのである。

藤井秀昭

【理系推理小説『広重プロトコル』】

―日仏蘭を舞台に、アメリカ人の視点から見た
江戸時代の浮世絵と最先端ロボ工学を描く。

本作は理系推理小説であり、国際旅情サスペンスでもある。

日本の浮世絵とカラクリの伝統芸能と、最新のロボット工学、加えて日蘭仏の歴史的な交流を軸に描いている。浮世絵と印象派の両巨匠である歌川広重とゴッホ、カラクリの技師である東芝を設立した故・田中久重らにまつわるミステリーが主軸である。

浮世絵、ゴッホという美術の追求と、米軍の軍事用ロボット開発計画に関わる陰謀と、それに関連する事件が縦軸だ。今話題で、先進的な人工頭脳が真犯人として、推理を進めたものである。

舞台は日本をはじめ、オランダ、パリだ。

主人公は日本人で、西芝のほぼ新入

社員理系女性エンジニアの川藤桜と、アメリカ人で謎の日本観光客として登場するロナルド・キーンのふたりである。

　人工声帯応用型アンドロイド「さつき」によるロボット実演が行われていた。最先端ロボットの体験会だ。

　日本観光に訪れたロナルドと桜が銀座で、軍用ドローンを用いた強盗事件に遭遇する場面から始まる。空陸両用のドローンというのは「空飛ぶ軽戦車」というイメージだ。これが、自動兵士として、軍団運用される。ドローンが市街地に撒いたビラは、広重の東海道五十三次と不可解な俳句であった。浮世絵、俳句と軍事兵器、このつながらない謎を解いていく。

　この事実と数々のメッセージから、ロナルドは一連の事件に大山重工が関わっていることを突き止め、キーマンである、田仲あやめというロボットエンジニアの失踪事件に結びつく。彼女を救助するために、大山重工の名古屋製作所、そして決戦の地である神岡の地下工場へ向かう。

見所として、最先端で日本の誇るロボット工学と、文化面の浮世絵と俳句のなぞという、ビジュアル的にも配慮し、風光明媚なシーン、また、日蘭の興味深い関係など紹介する。人工頭脳との戦いも、作品に深みを与えている。危惧される人工頭脳での犯罪を書きあげた。リアリティーを追求するため、所謂スーパーテクノロジーは登場させていない。また、人工頭脳の可能性と危険性にも触れ、警鐘を鳴らすものである。

【理系推理小説『ゲノムの中のモーツァルト』】

―日本人の遺伝学者が西欧音楽界に潜んだゲノム産業の闇を暴く。

この小説は、国際旅情サスペンスを交えた推理小説である。つながらない異質な世界が「ゲノム音楽」というキーワードに集約していく。この作品の前半は、純粋な音楽業界の事件推理が展開する。ところが後半では、音楽業界を隠れ蓑に利用した、裏クローン産業の陰謀が、その真相だ。

ストーリーの発端は、ロシアで病死した音楽家が、東京で『再び殺された』事件からはじまる。遺体が二体あることになり、文字通り捜査は難行する。

主人公の佐々木翔は3年前、娘を癌で亡くした。彼は、愛する娘の命を救うための研究を独断で行ったために大学を追われた。移植臓器を禁止されているクローン技術で作ろうとしたためだ。彼は再就職先で再び、クローンを作らされることになる。トルコのカッパドキアにある工場で

あり、彼はそこで『死んだはずの娘』を見つける。死んだ娘がクローン化されていたのだ。彼女は洗脳を受けており、主人公が出張公演に来ていた音楽家・御園の協力を得て、娘を工場から脱出させた。

アテネ大学考古学チームにかくまわれて、アテネを目指した。ヒロインでアテネ大学の女性教授である、エリザベト・オイゲーニエだ。この裏設定は奇跡的な仕上がりだ。まるでこのためにあるかのように史実が裏付けしている。実は彼女がギリシャの王室ヴィッテルスバッハ家の末裔でありギリシャ王だ。同時にザルツブルクを拠点とするバイエルン公とハプスブルク家の親戚である、という設定だ。裏の設定は、史実で偶然で奇跡的なつながりを持つ。このギリシア王という設定は、全文からみると、奇跡的なつながりを強調したい。モーツアルトの追求と思っていると、ヴィッテルスバッハを追っていたのだ。黒幕の伯爵は、その家臣という皮肉だ。

全体として、クローンである娘の救出を通し、家族とは何か、親子とは何かをテーマに事件は進む。現代最先端の遺伝工学とモーツァルトのクラシック音楽、古代ギリシャ神話というまったく異質なテーマを、理系、歴史、語学に通じた筆者が「ゲノム音楽」というくくりでまとめ上げた。

【理系推理小説『臥龍とクェーサー』】
―NASA，ESA、CNSA…各国の最先端宇宙開発と孔明伝説が織り成す謎を描く。

本作は世界史上逸話の多い人物である諸葛亮孔明を取り扱う。彼は東洋屈指の発明家であり、軍略家であった。発明家としては東洋のエジソンであり、軍略家としては東洋のナポレオン、あるいはハンニバルと擬えられる天才だ。

本作は彼の発明したロケットと最新の宇宙開発をテーマとする国際理系推理小説だ。

主人公はJAXAメンバーであり、ヒロインは童話作家という文理のデコボココンビである、宇宙と三国志、このつながらない謎を「死兆星」である「マルス（火星）」で集約する。ロケットビジネスの闇を書く作品だ。禁止されている軍事転用計画の噂を耳にする。主人公は国際協力の裏側に隠された、各国間の対立や陰謀の渦に飛び込む。

香港やモスクワ、バイコヌール、ベルリン、パリ、ケネディ宇宙港など、五大陸を股にかける国際理系推理小説として完成する。

パナケアの遺志

2016年8月1日　初版第1刷発行
著　者　　藤井 善将
イラスト　藤井 秀昭

発行所　ブイツーソリューション
〒466-0848　名古屋市昭和区長戸町4-40
TEL　：052-799-7391
FAX　：052-799-7984
発売元　星雲社
〒112-0012　東京都文京区大塚3-21-10
TEL　：03-3947-1021
FAX　：03-3947-1617
印刷所　藤原印刷

万一、落丁乱丁のある場合は送料当社負担でお取替えいたします。
ブイツーソリューション宛にお送りください。

ISBN978-4-434-22204-7